J. Lynn vit à Martinsburg en Virginie. L'auteure tient à signaler que toutes les rumeurs qui circulent au sujet de ce coin des États-Unis ne sont pas nécessairement fondées. Quand elle n'est pas plongée dans un projet d'écriture, Jennifer passe son temps à lire, travailler à la sueur de son front, regarder des films d'horreur – de préférence avec des zombies –, faire semblant d'écrire et se balader avec son mari et son jack russell, Loki. Jennifer a découvert sa vocation d'écrivain à l'occasion de ses cours de maths durant lesquels elle écrivait des nouvelles, ce qui explique ses résultats désastreux dans cette discipline. Dieu merci, elle a plusieurs cordes à son arc et exerce ses talents de la science-fiction à la Fantasy, en passant par la romance contemporaine.

Du même auteur, chez Milady:

Les Frères Gamble:
Suite nuptiale et quiproquos
Paparazzis et quiproquos
Garde du corps et quiproquos

CE LIVRE EST ÉGALEMENT DISPONIBLE
AU FORMAT NUMÉRIQUE

www.milady.fr

J. Lynn

Suite nuptiale et quiproquos

Les Frères Gamble

Traduit de l'anglais (États-Unis) par Fabienne Vidallet

Milady Romance

Milady est un label des éditions Bragelonne

Titre original : *Tempting the Best Man*

Suivi d'un extrait de : *Tempting the Player*

1re édition : février 2013
2e édition : juillet 2017

ISBN : 978-2-8112-2771-5

Bragelonne – Milady
60-62, rue d'Hauteville – 75010 Paris

E-mail : info@milady.fr
Site Internet : www.milady.fr

À tous ceux qui croient au grand amour…

Chapitre premier

Pour Madison Daniels, l'élégante invitation sur papier ivoire, délicatement calligraphiée et finement décorée, tenait plus de l'humiliation à retardement, prête à lui exploser en pleine figure, que du faire-part de mariage. Le moins qu'on puisse dire, c'est qu'elle avait un problème.

Mitch, son seul frère, de trois ans son aîné, se mariait le week-end suivant. Pour de vrai.

Elle était vraiment heureuse pour lui. Voire ravie. Sa fiancée, Lissa, était une fille super, et elles étaient rapidement devenues amies. Lissa ne ferait jamais de mal à son frère. Leur histoire aurait pu servir de scénario à une comédie romantique bas de gamme : ils s'étaient rencontrés en deuxième année à la faculté du Maryland, étaient tombés éperdument amoureux, avaient décroché des jobs de rêve dès la fin de leurs études, et le reste n'était que littérature.

Non, ce n'était pas eux le problème.

Encore moins un mariage dans les vignobles de la Virginie.

Ni même ses parents à moitié barjots, qui possédaient une très lucrative boutique en ligne appelée *Le Jugement dernier est notre métier*, et qui étaient tout à fait capables de refiler des masques à gaz aux invités. Madison aurait préféré affronter un astéroïde brandissant un panneau sur lequel figurait la mention « Nique la planète » plutôt que ce qui l'attendait.

Elle regarda de nouveau l'invitation avec la liste des garçons et des filles d'honneur en grimaçant. Elle soupira doucement en jouant avec les longues mèches de cheveux bruns qui s'étaient échappées de son chignon fait à la va-vite.

Juste en face de son nom, séparé par quelques points de suspension innocents et écrit à l'encre rouge, se trouvait le nom du témoin : Chase Gamble.

Dieu me hait. C'était la seule explication. Elle était témoin aussi, et n'importe lequel des frères Gamble aurait fait un témoin parfait. Mais non, il fallait que cet honneur échoue à Chase. C'était le meilleur ami de son frère, son confident, son pote d'enfance, connu aussi sous le nom de Fléau de l'existence de Madison.

— Tu auras beau la contempler pendant des heures, ça ne changera rien.

Bridget Rogers appuya sa hanche généreuse contre le bureau de Madison, et cette dernière leva le nez. Son assistante était la preuve vivante que l'horreur vestimentaire de certains faisait le bonheur des autres. Aujourd'hui, Bridget portait une minijupe fuchsia et une blouse en dentelle mauve à pois. Une écharpe noire et des bottes en cuir complétaient sa tenue. Étonnamment, ce costume de clown lui allait à merveille. Bridget était une femme audacieuse.

Madison soupira. Elle aurait bien eu besoin d'un peu d'audace, elle aussi.

— Je crois que c'est au-dessus de mes forces.

— Tu aurais dû m'écouter et inviter Derek, du département d'histoire. Au moins, tu aurais eu la satisfaction de baiser tout le week-end au lieu de fantasmer pendant quatre jours sur le meilleur ami de ton frère. Un homme, qui, je te le rappelle, t'a déjà larguée une fois.

Bridget avait raison. Elle était futée, elle.

— Qu'est-ce que je vais faire ? demanda Madison en regardant par la fenêtre de son bureau.

Elle ne voyait que l'acier et le béton du musée qui jouxtait son bâtiment, l'Institut Smithsonian.

Cette vue la remplissait toujours de fierté ; elle avait travaillé dur pour faire partie de la petite élite qui avait le privilège d'exercer dans cette extraordinaire institution culturelle.

Bridget se pencha vers Madison pour attirer de nouveau l'attention de cette dernière.

— Ce que tu vas faire ? Tu as gérer la situation comme une grande fille. Tu nourris peut-être pour Chase Gamble un amour secret et éternel, mais puisqu'il n'a toujours pas compris à quel point tu es fabuleuse, c'est la preuve qu'il n'est pas normal et qu'il ne mérite pas que tu te mettes dans un état pareil.

— Je sais, je sais, répondit Madison. Mais il est tellement… insupportable !

— Comme la plupart des hommes, ma chérie, rétorqua Bridget avec un clin d'œil.

— Ce n'est pas grave si je ne l'intéresse pas. C'est décevant, c'est vrai, mais je peux faire avec. Et je peux presque lui pardonner d'avoir changé d'avis la seule fois où on a failli sortir ensemble. Enfin, je crois, hésita-t-elle, les yeux rivés sur sa meilleure amie, en laissant échapper un rire forcé. Mais il est tout le temps en train de me chercher, tu comprends ? Il me taquine devant toute ma famille et il me traite comme sa petite sœur alors que je ne rêve que de le secouer et de le déshabiller.

— Ce n'est que pour un week-end. Rien de catastrophique, affirma Bridget.

Elle essayait de voir les choses de manière raisonnable mais Madison se doutait que ce serait le pire week-end de sa vie.

Elle laissa tomber l'invitation sur son bureau, se renfonça dans son siège et soupira. Elle envisageait sérieusement d'appeler le département d'histoire.

Aussi loin qu'elle s'en souvienne, elle avait toujours été amoureuse de Chase. Uniquement de lui. Ils avaient grandi dans le même quartier de la banlieue de Washington. Son frère et lui étaient inséparables depuis leur plus jeune âge, ce qui voulait dire que Madison, étant la petite dernière, n'avait rien de mieux à faire que de leur coller aux basques.

Elle idolâtrait Chase. Il était impossible de résister à sa beauté virile, à son caractère agréable et à ses fossettes. C'était un garçon, et maintenant un adulte, doué d'un instinct protecteur surdéveloppé, ce qui faisait fondre le cœur des filles. C'était tout à fait le genre de type à donner sa chemise à un SDF en plein milieu d'une tempête de neige. Mais il avait aussi un côté sombre et dangereux.

On n'avait pas intérêt à lui chercher des noises.

Un jour, alors qu'elle était au lycée, un garçon avait été trop entreprenant avec elle. Ils étaient garés devant chez ses parents, et Chase, qui sortait de chez eux, avait entendu ses protestations étouffées, tandis que la main du mec en question se baladait vers un endroit qu'elle lui avait interdit.

Après l'explication qui s'en était suivie, ce garçon avait eu du mal à marcher pendant plusieurs semaines.

Et cet événement avait scellé définitivement un amour d'enfance qui ne s'éteindrait jamais.

Le monde entier savait qu'elle avait un faible pour lui au lycée et au cours des deux premières années de fac. C'était une vérité universellement reconnue que Madison suivait Mitch et Chase partout où ils allaient. Et elle avait choisi la fac du Maryland parce qu'ils y étaient inscrits tous les deux. Oui, c'était pathétique, elle l'admettait volontiers.

Tout avait changé quand elle était en licence, la nuit où Chase avait ouvert sa première boîte de nuit.

Après ce qui s'était passé cette nuit-là, elle avait fait son possible pour l'éviter. En vain, évidemment.

On pourrait penser que dans une ville aussi peuplée que Washington, il lui serait facile d'éviter ce salaud. Mais non, cette ordure de destin, aux lois aussi cruelles qu'impitoyables, en avait décidé autrement.

Chase était partout. Elle avait loué un tout petit appartement au deuxième étage d'un immense complexe immobilier, et quelques semaines plus tard, il avait acheté l'un des grands appartements du dernier étage. Elle le retrouvait même aux dîners de famille, puisque ses parents semblaient considérer la fratrie Gamble comme leurs propres fils.

Tôt le matin, il soulevait de la fonte à la salle de gym, pendant qu'elle faisait son jogging quotidien sur le vélo elliptique. Et quand il montait sur le tapis ? Oh, mon Dieu, qui aurait pu croire que des mollets puissent être si sexy ? Elle n'y pouvait rien si elle l'avait regardé fixement avec un filet de bave à la commissure des lèvres. Bon, peut-être qu'elle était tombée une ou deux fois de sa machine quand il avait ôté son tee-shirt pour s'essuyer le front avec l'ourlet, révélant des abdos tellement parfaits qu'ils avaient l'air photoshopés à mort.

Quelle femme normalement constituée ne serait pas troublée ?

Quand Madison allait faire des courses à l'épicerie, elle tombait aussi sur lui, en train de tâter des pêches avec ses doigts merveilleusement fins, des doigts qui s'y entendaient aussi bien pour jouer de la guitare que pour rendre une femme folle de plaisir.

Et ça, elle le savait de première main.

Comme la moitié des femmes de Washington.

— Je reconnais cet air, commenta Bridget en levant un sourcil.

Madison secoua la tête. Il fallait vraiment qu'elle arrête de penser à ses doigts, mais elle ne parvenait pas à se débarrasser de ce béguin d'enfant, incarnation de tous ses fantasmes. C'était un amour qui ne s'était jamais fané, et accessoirement la raison pour laquelle aucun homme ne parvenait à rester plus de quelques mois dans sa vie. Bien entendu, elle ne l'aurait jamais admis, même sous la torture.

Chase était sa Némésis.

Une Némésis incroyablement sexy.

Elle eut soudain très chaud et tira sur le bas de sa blouse en posant sur l'invitation des yeux pleins de hargne. Il ne s'agissait après tout que de quatre jours dans un lieu romantique. Il y aurait des centaines d'invités, et même si elle était obligée de le voir pendant le dîner de répétition et la cérémonie, elle pourrait toujours l'éviter savamment.

Mais les papillons qui voletaient dans son ventre et l'excitation qui courait dans ses veines racontaient une tout autre histoire. Franchement, comment pourrait-elle se tenir à l'écart du seul homme qu'elle ait jamais aimé, et qu'elle ait jamais voulu garder ?

— File-moi le répertoire des employés, ordonna-t-elle à Bridget.

Peut-être que Derek était libre, après tout.

Le trafic vers Hillsboro, en Virginie, un vendredi matin, était fluide : tous les autres automobilistes se dirigeaient dans l'autre sens pour aller travailler en ville. Mais ça n'empêchait pas Madison de conduire comme si elle s'entraînait pour un championnat de Formule 1.

Si on en croyait les trois appels manqués de sa mère – qui pensait que sa fille avait été kidnappée dans cette ville affreuse, et qu'elle ne serait rendue que contre une rançon princière –, les quatre textos de son frère qui se demandait si elle avait réussi à conduire sur le périphérique – parce qu'apparemment les petites sœurs ne savaient pas conduire – et le message de son père lui annonçant qu'il y avait un problème avec les réservations, elle était en retard pour bruncher.

Mais franchement, qui brunchait encore de nos jours ?

Elle pianota contre le volant et plissa les yeux, éblouie par le soleil de cette fin de mois de mai qui se réverbérait sur le panneau indiquant une sortie. Eh oui, c'était bien cette sortie-là : elle l'avait loupée.

Et merde.

Elle lança un regard meurtrier à son téléphone portable, persuadée qu'il allait sonner d'une seconde à l'autre, et changea de file pour prendre la sortie suivante et faire demi-tour.

Elle ne serait pas aussi en retard et aussi perturbée si elle avait passé la soirée à faire sa valise comme une femme normalement constituée de vingt-cinq ans, à la carrière florissante et émotionnellement stable, au lieu de se lamenter sur le fait qu'elle devrait remonter toute l'église au bras de Chase, ce qui était le comble de la cruauté. Cerise sur le gâteau, Derek était pris pour le week-end.

Son portable se mit à sonner au moment où les roues de sa Dodge prenaient la bonne sortie et elle grogna en le vouant au dixième cercle de l'Enfer. Y avait-il vraiment dix cercles, d'ailleurs ? Elle n'en était plus certaine. Cependant, lorsque tout le monde aurait suffisamment bu pour raconter comment elle se baladait en tenue d'Ève quand elle était gamine, il y en aurait au moins vingt, et elle les aurait tous visités.

De hauts noyers bordaient la route de campagne sur laquelle elle roulait un peu trop vite, et leur ombre lui conférait un aspect presque surnaturel. Au loin, le bleu profond des montagnes dominait la vallée. Il ne faisait aucun doute que, tant que le temps se maintiendrait au beau, le mariage, prévu en extérieur, serait magnifique.

Une soudaine explosion la secoua et lui fit lâcher le volant, oscillant dangereusement à gauche, à droite, puis de nouveau à gauche. Le cœur battant la chamade, elle s'agrippa au volant et franchit la ligne centrale.

— Et merde ! murmura-t-elle, les yeux écarquillés sous l'effet de la peur.

Elle reprit le contrôle de son véhicule. Il s'agissait manifestement d'une putain de crevaison.

— Voilà exactement ce qu'il me manquait.

Elle envisagea de parcourir les quinze kilomètres restants sur un pneu à plat tout en égrenant un chapelet d'obscénités qui aurait fait rougir son frère. Elle s'immobilisa sur le bas-côté et hésita à descendre pour donner des coups de pied à la voiture. Elle opta pour une alternative plus mature et, le visage contre le volant, jura de plus belle.

Ça commençait sur les chapeaux de roue.

Elle leva la tête et son regard tomba sur son portable. Elle le saisit et choisit un numéro dans son répertoire. Au bout de deux sonneries, quelqu'un décrocha.

— Maddie ? Mais tu es où, enfin ? hurla la voix inquiète de son père. Ta mère s'apprêtait à appeler le shérif, et je ne sais pas comment…

— Je vais très bien, papa, j'ai juste un problème de pneu. Je suis à environ quinze kilomètres.

Son père grogna par-dessus les rires et les bruits de couverts.

— Tu as un problème de quoi ?

Son estomac se mit à gronder et elle se souvint soudain qu'il était onze heures passées et qu'elle n'avait pas déjeuné.

— Un problème de pneu.

— Un problème de quoi ?

— De pneu, répéta Madison en levant les yeux au ciel.

— Attends, je ne t'entends pas. Eh, les gars, vous voulez bien baisser un peu le son ? (Sa voix s'éloigna du récepteur.) C'est Maddie au téléphone. J'ai cru comprendre qu'elle avait un problème de queue.

La salle entière hurla de rire derrière lui.

Oh. Putain de merde.

— Désolé, ma chérie. Qu'est-ce qui t'est arrivé ? Tu as un problème de feu ?

— De pneu, papa, de pneu ! Tu sais, ces trucs ronds en caoutchouc ?

— Oh. Oh ! Ah, je comprends mieux, répondit son père en gloussant. C'est un vrai zoo ici, on est tous en train de manger. Tu as pensé à remplacer ta roue de secours la dernière fois ? Tu sais qu'il faut toujours être prête à évacuer la ville en cas de catastrophe.

Elle était à deux doigts de se frapper le front contre le volant. Elle adorait ses parents, mais elle n'avait aucune envie de discuter de ses problèmes d'organisation pendant qu'une salle pleine de mecs ne se remettait pas de cette histoire de queue, y compris Chase, dont elle avait parfaitement reconnu le riche timbre de baryton au milieu des autres. Elle avait l'estomac noué à la perspective de le revoir.

— Je sais, papa, mais je n'ai pas eu le temps de m'en occuper.

— Tu dois toujours avoir une roue de secours. On t'a pourtant bien dit qu'il fallait être prête à tout.

Comme si ça faisait avancer les choses. Et ce n'était pas non plus comme si une comète s'était abattue sur sa voiture.

Son père soupira comme tous les pères confrontés à la nécessité de sauver leurs filles, quel que soit leur âge.

— Ne bouge pas, on va venir te tirer de là, ma puce.

— Merci, papa.

Elle raccrocha et mit le portable dans son sac à main.

Elle n'imaginait que trop bien sa très nombreuse famille en train de hocher la tête. Il n'y avait que Maddie pour être en retard. Et pour crever un pneu et ne pas avoir de roue de secours. Être la plus jeune d'une famille composée de la sienne et de la horde des Gamble, ben franchement, ça craignait.

Quoi qu'elle fasse, elle serait toujours la petite Maddie. Pour eux, elle n'était pas Madison, qui gérait tous les assistants bénévoles de la Bibliothèque du Smithsonian, carrière parfaite pour la passionnée d'histoire qu'elle était depuis son plus jeune âge.

Madison se laissa tomber contre l'appuie-tête et ferma les yeux. La chaleur avait commencé à se frayer un chemin dans son véhicule malgré la climatisation.

Elle défit les deux premiers boutons de son chemisier et remercia le Ciel d'avoir préféré un pantalon en lin à un jean. Avec la chance qu'elle avait, elle aurait fait une syncope avant que son père ou son frère ne vienne à son secours.

Elle s'en voulait de les ennuyer au début des festivités. C'était bien la dernière chose qu'elle voulait, juste derrière le fait qu'à l'heure actuelle, Chase était certainement en train de secouer la tête avec les autres.

Quelques minutes s'écoulèrent et elle dut s'assoupir, parce qu'elle fut réveillée par un petit coup contre sa vitre.

Elle cligna lentement des yeux et appuya sur le bouton de commande de la fenêtre. Elle tourna alors la tête et rencontra deux yeux bleu azur sertis d'incroyables cils bruns.

Oh, non. Oh, non.

Les battements de son cœur s'affolèrent, tandis que son regard errait sur de hautes pommettes douloureusement familières, des lèvres pleines qui avaient l'air terriblement douces mais qui pouvaient se montrer aussi fermes qu'intraitables. Des cheveux bruns, un peu trop longs, retombaient sur son front. La légère bosse qu'il avait sur le nez, qu'il s'était cassé à la fac, donnait à ce visage parfait un aspect plus dur et dangereusement sexy.

Le regard de Madison plongea sur la chemise blanche qui moulait des épaules larges, un torse musclé et une taille fine. Il portait un jean taille basse et – Dieu merci ! – le reste de sa personne était dissimulé par la portière de la voiture.

La jeune femme s'obligea à le regarder en face et prit une profonde inspiration.

Il souriait de ce sourire entendu qui la rendait toute chose. Et comme une allumette au contact de l'essence, son corps s'embrasa et des flammes la léchèrent de partout.

Pourquoi était-il le seul homme de la région capable de provoquer en elle un tel brasier ? Elle s'en voulait tout en étant ravie. Et consentante.

— Chase, dit-elle dans un souffle.

Son sourire s'accentua et bingo, les fossettes firent leur apparition.

— Maddie ?

Elle frémit en entendant le son de sa voix. Un timbre profond et soyeux comme un vieux whisky. Une voix pareille devrait être interdite par la Convention de Genève, au même titre que tout le reste. Son regard plongea de nouveau.

Elle maudit la portière, certaine que le reste était impressionnant.

Pendant une seconde, elle se souvint, bien malgré elle, de la nuit où elle s'était rendue dans la boîte de nuit de Chase pour la première fois, de son bureau chic où elle était entrée, pleine d'espoir et de désir.

Elle chassa l'importun souvenir et se redressa, bien droite.

— C'est toi qu'ils ont envoyé ?

Il se mit à rire, comme si c'était la chose la plus drôle au monde.

— Je me suis porté volontaire.

— Vraiment ?

— Bien sûr, susurra-t-il. Je ne pouvais pas résister à un problème de queue.

Chapitre 2

Au moment où ces mots franchirent ses lèvres, Chase comprit qu'il aurait mieux fait de se taire, mais il ne regrettait pas ses paroles. Une vive rougeur, de la couleur du péché, se répandit sur les joues et le cou de la jeune femme. Une partie de lui – une partie mal élevée – aurait été prête à tout pour découvrir jusqu'où elle s'étendait.

Mais comme il l'avait appris jadis, avec Maddie Daniels il y avait des limites à ne pas dépasser.

Elle pinça ses lèvres boudeuses et la colère brilla dans ses yeux noisette, y faisant miroiter des reflets verts. La couleur de ses yeux variait en fonction de ses émotions, et il avait l'impression ces derniers temps qu'ils étaient plus souvent verts qu'avant.

— Médaille d'or de la vulgarité, Chase.

Il haussa les épaules. Il se fichait pas mal d'être courtois.

— Tu comptes rester dans la voiture ?

Maddie donnait l'impression qu'elle n'en sortirait que si on l'arrachait à son siège.

— Et je suis censée la laisser sur le bord de la route ?

— J'ai appelé un dépanneur, il arrive. Ouvre ton coffre que je puisse prendre ta valise.

La jeune femme fixa un point derrière lui et il se sentit soulagé.

— Jolie voiture, commenta-t-elle.

Chase jeta un coup d'œil par-dessus son épaule à la Porsche noire qui brillait sous le soleil.

— C'est juste une voiture.

L'une des trois qu'il possédait. Il aurait préféré venir en pick-up, mais celui-ci consommait beaucoup trop. Il revint au problème qu'il avait à régler et fit un pas de côté.

— Maddie, tu viens avec moi ou pas ?

Elle le regarda fermement, presque avec défi, ce qui était franchement risible. Elle mesurait un mètre soixante et ne devait pas peser plus de cinquante kilos. Il était beaucoup plus grand qu'elle et il aurait pu sans problème la balancer sur son épaule d'une seule main.

Ils s'observèrent longuement.

Comme les secondes s'écoulaient, il se dit que la balancer sur son épaule n'était finalement pas une mauvaise idée. Il pourrait en profiter pour la fesser, c'était tout ce qu'elle méritait.

S'il en croyait la subite tension de son jean, son service trois pièces approuvait le programme.

Mais son bon sens n'était douloureusement pas d'accord.

S'il y avait bien quelqu'un à qui Chase ressemblait, c'était son père. Comme lui, il avait réussi très jeune, il était persévérant, riche et porteur du gène familial qui lui permettait de détruire n'importe quelle relation stable en dix secondes.

Et tout le monde, y compris Maddie, savait ça.

Il est temps d'essayer une autre stratégie, se dit-il en inspirant profondément.

— Ta mère t'a mis de côté un morceau de cheesecake.

Les yeux de Maddie se mirent à briller. Il avait déjà eu l'occasion de surprendre ce regard. Depuis toujours, le chocolat et les desserts lui donnaient l'air rêveur de la femme sexuellement comblée, et le moins qu'on puisse dire, c'est que ça ne résolvait pas le problème qui avait surgi dans son jean.

La portière s'ouvrit brutalement et il n'évita l'émasculation qu'au prix d'un bond dicté par son instinct de survie.

— Du cheesecake, répéta-t-elle en souriant. À la fraise ?

Il se retint pour ne pas sourire.

— Et un nappage au chocolat à part, comme tu aimes.

Les mains sur ses hanches généreuses, elle pencha la tête sur le côté.

— Qu'est-ce que tu attends, alors ? demanda-t-elle en déverrouillant le coffre. Si tu me tiens éloignée de ce cheesecake plus longtemps, tu risques de le regretter.

Il le regrettait déjà.

Il se dirigea vers le coffre pendant qu'elle attrapait quelque chose sur la banquette arrière. Il n'y trouva qu'une valise. Maddie avait toujours été du genre à voyager léger. Il était sorti avec des femmes qui ne pouvaient pas passer une nuit loin de chez elles sans emporter trois tenues et douze paires de chaussures, mais Maddie était une fille simple, certainement parce qu'elle avait grandi avec une tripotée de garçons batailleurs.

Il saisit la poignée de la valise, ferma le coffre, contourna la voiture et s'arrêta net. *Seigneur.*

Elle s'était penchée pour attraper une longue housse à vêtements à l'arrière. Le fin tissu de son pantalon était tendu sur ses fesses rondes, celles qu'elle entretenait tous les jours à la salle de gym. Combien de fois l'avait-il matée en douce sur le vélo elliptique ? Il avait perdu le compte.

Il fallait vraiment qu'il change d'horaire.

Mais il n'aurait pu détourner les yeux pour tout l'or du monde. Maddie était menue, mais elle avait de sacrées courbes et même si elle n'était pas du tout le genre de femme auquel il s'intéressait d'habitude, elle était belle à sa manière. Un nez effronté, des lèvres pleines, des pommettes couvertes de taches de rousseur. Ses cheveux longs, aujourd'hui attachés en queue de cheval, lui balayaient le milieu du dos.

Elle avait le genre de cheveux et de corps dans lesquels un homme pouvait se perdre facilement. En fait, c'était bien plus que ça. Un jour, Maddie rendrait très heureux un mec qui ne le méritait pas. Elle était tellement merveilleuse : intelligente, drôle, déterminée et généreuse.

Et elle avait un sacré cul.

Chase tourna les talons, respira un grand coup, à moitié tenté de la laisser tomber et d'aller en ville sauter la première fille consentante qui croiserait sa route. C'était ça ou mettre la main aux fesses de Maddie.

Elle le dépassa et lui lança un drôle de regard par-dessus son épaule.

— Tu es fatigué ? Laisse-moi deviner. Bambi t'a empêché de dormir ? À moins que ce ne soit Susie. Je ne les reconnais jamais.

— Tu parles des jumelles Banks ?

Maddie pencha la tête sans répondre.

— Elles s'appellent Lucy et Lac, corrigea-t-il.

Elle leva les yeux au ciel.

— Qui appelle sa fille Lac ? Oh, si vous avez des enfants tous les deux, vous pourriez les appeler Rivière et Courant, lança-t-elle en secouant la tête et plissant les yeux d'un air entendu. Donc, tu sors toujours avec elles.

En toute franchise, « sortir » n'était pas le terme qu'il utiliserait pour qualifier sa relation avec les deux grandes gigues.

— Je ne sors pas avec les deux en même temps, Maddie. Je ne l'ai jamais fait.

— Ce n'est pas ce que j'avais cru comprendre.

— Tu auras mal compris, alors.

Il vit qu'elle ne le croyait pas et la suivit, mâchoire serrée. Sa réputation était déjà faite, à la hauteur de celle de son père, et à ce stade-là, tenter de rectifier le tir était peine perdue.

Elle ouvrit le coffre de la Porsche et fronça les sourcils.

— Tu n'as pas pris ta chambre ?

Il déposa sa valise à côté de la sienne.

— Pas encore. Je n'étais arrivé que depuis un quart d'heure quand tu as appelé au secours.

Elle lissa des plis invisibles sur son pantalon, le menton baissé.

— Je n'avais pas besoin que tu viennes à mon secours.

Chase leva un sourcil moqueur.

— Ce n'est pas l'impression que j'ai eue.

— Ce n'est pas parce que j'ai eu un problème de pneu…

— Dis-le.

Maddie leva le nez et il se sentit transpercé jusqu'au fond de son âme par ce regard, qui avait le pouvoir de lui couper le souffle.

— Dire quoi ?

— Queue.

Elle leva les yeux au ciel.

— Très drôle…

— Quoi qu'il en soit, tu as crevé et j'ai dû venir te chercher. Je suis donc venu à ton secours, voilà tout.

Elle émit un grognement désapprobateur et regagna sa voiture pour prendre son sac à main, puis elle se dirigea vers la portière passager de la Porsche.

Il sourit.

— Tu devrais toujours avoir…

— Une roue de secours, je sais, le coupa-t-elle en s'installant.

Il monta à son tour dans la voiture en riant sous cape, et lui lança un regard de côté. Elle regardait par la vitre teintée, agrippée à son portable comme à une bouée de sauvetage. Il se rajusta discrètement et pria pour avoir repris le contrôle de son corps avant que sa famille ne leur saute dessus.

Ils firent les huit premiers kilomètres qui les ramenaient vers le mariage de son meilleur ami dans un silence presque inconfortable.

Soudain, il n'y tint plus.

— Je peux savoir pourquoi tu boudes ?

— Je ne boude pas, rétorqua-t-elle en lui lançant un regard noir.

— Tu fais bien semblant, Maddie.

— Arrête de m'appeler comme ça, lui demanda-t-elle en farfouillant dans son sac dont elle extirpa une paire de lunettes de soleil du plus bel effet qu'elle chaussa. Je déteste quand tu m'appelles comme ça.

— Pourquoi ?

Elle ne répondit pas.

Il soupira et s'aventura sur un autre terrain miné.

— Ton frère est vraiment heureux.

Il la sentit se détendre un peu à ses côtés.

— Je sais. Je suis super contente pour lui. Il le mérite, pas vrai ? Il est tellement gentil que n'importe quelle autre fille en aurait profité.

— C'est vrai.

Ses yeux quittèrent la route une fraction de seconde. La jeune femme le regardait et il aurait bien voulu voir ses yeux. Il n'avait aucune idée de ce que le petit monstre cachait derrière ses verres fumés.

— Lissa est une fille sympa, continua-t-il. Elle est parfaite pour Mitch.

Maddie se mordilla la lèvre inférieure.

— Il est parfait pour elle.

Il sourit légèrement.

— C'est vrai, répondit-il. Mais je n'aurais jamais cru que ce coureur se marierait un jour.

— Je ne tiens pas à avoir ce genre de conversation avec toi, rétorqua-t-elle en lissant les quelques mèches qui s'étaient échappées de sa queue de cheval. Je n'ai pas encore déjeuné.

— Ce serait mieux l'estomac plein ?

Elle ricana.

— Tu te souviens de cette fille avec qui il est sorti avant de rencontrer Lissa ?

Elle écarquilla les yeux et le sourire de Chase s'élargit.

— Oh, celle qui avait choisi les prénoms de leurs enfants au premier rendez-vous ? répondit-elle en riant. Comment elle s'appelait déjà ?

— Linda Bullock.

— C'est ça ! s'exclama-t-elle en se redressant sur son siège. Elle lui avait fichu la trouille de sa vie. Elle l'appelait plusieurs fois par nuit. Il était vraiment furieux quand il a su que tu m'avais tout raconté.

— Elle avait dormi sur le palier de notre chambre après leur premier rendez-vous, se rappela Chase en secouant la tête. Elle était jolie, mais complètement timbrée.

Ils se rapprochaient rapidement de leur destination. Bientôt, Maddie se retrouverait entourée de ceux qui l'aimaient et il rejoindrait ses frères occupés à éplucher la liste des invités en quête de femmes célibataires.

Comme si elle lisait dans ses pensées, la jeune femme lui jeta un regard en coin.

— Je parie que tes frères et toi êtes aux anges.

— Pourquoi ça ?

— C'est un mariage, répondit-elle avec un sourire crispé, ce qui veut dire que les conquêtes seront faciles.

— Tu veux dire que je ne suis pas capable de séduire une femme ?

— Peut-être.

— Je crois que s'il y en a bien une qui ne peut pas dire ça, c'est toi ! rétorqua-t-il en gloussant.

Une vive rougeur se répandit sur ses joues, dissimulées en partie par les lunettes de soleil. La voir s'enflammer comme ça valait presque le coup de raviver des souvenirs qui auraient dû rester à l'état de souvenirs.

— D'accord, capitula-t-elle, je ne dis pas que tu as besoin d'aide.

— Qu'est-ce que tu veux dire, alors, Maddie ?

Elle évacua sa frustration en caressant le cuir souple du siège avec des mouvements languides qui firent tressaillir le sexe de Chase.

— Lissa a beaucoup d'amies ravissantes, même si elles ne jouent pas dans la même catégorie que les jumelles Banks.

Chase acquiesça, puis tendit la main vers ses lunettes de soleil, rangées dans le pare-soleil.

— C'est vrai.

— Comme je le disais, tes frères et toi allez bien vous amuser.

— Peut-être.

Il tendit le bras vers elle et lui tapota l'avant-bras pour attirer son attention et lui montrer les vignes dans la vallée à sa gauche. Elle recula immédiatement, et il leva les sourcils, surpris par sa réaction.

— Nerveuse ?

— Non. Désolée. J'ai bu trop de café.

Chase avait parfois tendance à oublier que leur relation avait évolué et il en souffrait.

Elle s'éclaircit la voix.

— Quand est-ce que vous comptez vous marier tes frères et toi ?

Chase éclata de rire.

— Enfin, Maddie !

— Quoi ? rétorqua-t-elle en fronçant les sourcils, la bouche pincée. Je ne comprends pas ce qui provoque ton hilarité… Vous êtes en âge d'y penser, non ?

Il rit de nouveau en secouant la tête. Il n'avait que vingt-huit ans ; il était loin d'être un vieillard.

Chad, qui le précédait, avait trente ans, et Chandler, leur frère aîné, trente-et-un. Aucun des trois n'avait envie de se marier ; ils avaient tous vu ce que le mariage avait infligé à leurs parents. Ou plutôt, ce que leur père avait fait subir à leur mère. C'était la raison pour laquelle ils avaient grandi tous les trois chez les Daniels.

Maddie se pencha vers lui et lui donna un coup de poing sur la cuisse.

— Arrête de te moquer de moi, abruti.

— Tu me fais marrer, je n'y peux rien.

— Laisse tomber.

Il prit le virage suivant et s'engagea dans la route privée qui menait au bâtiment principal.

— Je ne pense pas au mariage, Maddie. Tu sais bien ce qu'on raconte à notre sujet.

— Ne gamberge pas pour un Gamble[1] !

Elle secoua la tête.

— Il y a longtemps qu'on a quitté la fac, tu sais.

Il laissa son regard errer sur sa cuisse fuselée et remonter jusqu'aux boutons ouverts de son chemisier, sous lequel on devinait des seins appétissants.

1. En anglais, le terme *gamble* signifie « pari », « entreprise risquée ».

— Ouais, répondit-il en se concentrant de nouveau sur la route, les mains crispées sur le volant. C'est vrai qu'on n'est plus à l'école.

Elle sourit un peu puis se retourna de nouveau vers sa vitre et sembla contempler le paysage. Mais elle avait, hélas, encore quelque chose à dire.

— Tu n'es pas ton père, Chase.

— Tu sais bien que c'est faux, répondit-il avec brusquerie, plus sèchement qu'il ne l'aurait souhaité.

Elle le regarda, pâlit puis rougit. Elle ouvrit la bouche, se ravisa et se tourna de nouveau vers sa fenêtre.

— Merde, Maddie, grogna-t-il, je ne voulais pas…

— Ça va. Laisse tomber.

« Ça va » et « Laisse tomber » étaient les mots qu'elle employait pour dire : « Je suis furieuse ». Il avait entendu les mêmes expressions pendant des années dans la bouche de sa mère, quand son père découchait ou qu'il partait en voyage d'affaires à l'improviste.

Chase jura de nouveau.

Tout en remontant l'allée, il combattit le désir urgent de s'excuser. Mais c'était mieux ainsi. Pendant des années, Maddie n'avait été pour lui que la petite sœur de Mitch. Il était aussi protecteur avec elle qu'avec les autres. Ce qui s'était passé entre eux cette nuit-là, des années auparavant, avait modifié leur relation pour toujours. Et s'il y avait une chose que Chase avait apprise depuis longtemps, c'est qu'on ne pouvait pas faire machine arrière.

Comme pour ses parents.

Alors qu'ils se rendaient au chalet principal, Madison fit de son mieux pour ne pas regarder Chase, admirer sa démarche arrogante et tomber dans les filets tendus par sa seule présence. Elle regarda donc droit devant elle et l'ignora.

Un couple âgé, main dans la main, remontait l'allée dans l'autre sens. Ils échangeaient des regards si pleins d'amour que Madison ressentit un pincement de jalousie. C'était exactement ce dont elle avait rêvé enfant : un amour qui, loin de se faner avec le temps, deviendrait plus fort.

Malgré ses chaussures à semelle de crêpe, la vieille dame trébucha sur un caillou. Son mari la rattrapa habilement par le bras, mais elle fit tomber son sac à main, dont le contenu se répandit sur le sentier.

Madison se précipita vers elle, s'agenouilla et ramassa tout rapidement.

— Oh, merci infiniment ! dit la vieille dame. Je deviens terriblement maladroite en vieillissant.

— Je vous en prie, répondit Madison qui lui tendit son sac en souriant. Bonne journée.

Elle rejoignit Chase, qui observait la scène d'un œil amusé. Ce n'était pas son sourire *ultra bright* plein de fossettes, mais quelque chose de plus intime.

— Quoi ?

— Rien, répondit-il en secouant légèrement la tête.

À l'instant où Madison mit le pied dans le hall chaleureux du Vignoble de Belle, elle fut assaillie par sa famille et par des cousins aux premier et deuxième degrés, quelques personnes qu'elle ne reconnut pas, et un oncle. Toutes ces effusions la laissèrent un peu étourdie.

Mais quand elle aperçut son frère, de l'autre côté du hall, à côté d'une table drapée de lin blanc, elle lui décocha un grand sourire et se précipita vers lui.

Mitch était grand, comme leur père, et il avait les cheveux très courts. Son caractère égal et son allure américaine par excellence faisaient de lui la cible préférée des femmes, y compris les amies de Madison. Elle était persuadée que toutes les célibataires étaient en deuil, même s'il n'avait jamais eu d'yeux que pour Lissa.

Il l'attrapa à mi-chemin et la fit tournoyer dans ses bras.

— On finissait par croire que tu voulais boycotter mon mariage.

— Jamais ! s'exclama-t-elle en riant, les mains sur les bras de son frère.

Elle ne l'avait pas vu depuis Noël. Lissa et lui avaient déménagé à Fairfax, en lointaine banlieue de Washington, et leurs carrières respectives leur laissaient peu de temps pour les réunions de famille.

— Tu m'as manqué, poursuivit-elle.

— Ne pleure pas tout de suite s'il te plaît.

— Je ne pleure pas, rétorqua-t-elle en clignant des yeux.

— Bien, dit-il en l'enveloppant de nouveau dans ses bras musclés. Tu as pris dix centimètres, non ?

Elle se dégagea en riant.

— J'ai arrêté de grandir il y a dix ans.

— Je dirais plutôt vingt ans.

La voix de stentor de son père leur parvint de l'autre bout de la tablée. Cet homme gigantesque semblait toujours stupéfait d'avoir engendré une naine.

Lissa attendait son tour derrière Mitch, un sourire chaleureux aux lèvres. Madison se dégagea de l'étreinte de son frère et embrassa la jolie blonde aux yeux gris.

— Je suis si contente de te voir ! s'exclama Lissa, les larmes aux yeux. Tout est parfait à présent. Viens, ta mère t'a gardé du dessert.

Madison la suivit en jetant un coup d'œil derrière elle. Mitch avait mis la main sur l'épaule de Chase et ils riaient de concert. Soudain, Chase leva les yeux et leurs regards se croisèrent.

Madison se détourna et faillit percuter Chandler. C'était le plus grand et le plus baraqué des frères Gamble, et sans conteste le plus intimidant. Ils avaient tous les trois des traits virils et des yeux d'un bleu extraordinaire, mais Chandler dépassait ses frères d'une tête.

— Doucement, morveuse, dit-il en la contournant. Je ne voudrais pas blesser une des demoiselles d'honneur.

Morveuse ?

— Merci, Godzilla.

Il eut alors le culot de lui ébouriffer les cheveux comme si elle avait douze ans.

Elle tenta de lui donner un coup de poing et manqua pitoyablement sa cible, ce qui, vu le gabarit de Chandler, tenait de l'exploit.

Il éclata de rire et rejoignit Mitch et Chase. Elle n'avait pas encore vu le troisième frère. Chad était un plaisantin notoire et personne n'était à l'abri quand il rôdait dans les parages.

Megan Daniels était assise près du père de Madison dans la grande salle voûtée, on avait du mal à croire qu'elle approchait des soixante-cinq ans. Ses boucles auburn ne trahissaient pas la présence du moindre cheveu gris.

— Assieds-toi, ma chérie, ordonna-t-elle en tapotant le siège près du sien. Je t'ai gardé du cheesecake.

Madison n'eut pas besoin de se l'entendre dire deux fois : elle s'assit et entama immédiatement sa part en écoutant le flot des conversations autour d'elle, tandis que tout le monde se rasseyait. De temps en temps, un cousin très éloigné ou un membre de la famille de Lissa venait les saluer. Les parents de cette dernière semblaient aimables, et ils avaient l'air de bien s'entendre avec ceux de Madison.

M. Grant, le père de Lissa, sourit même gentiment quand le père de Madison se lança dans une discussion sur les meilleurs générateurs pour un bunker de mille deux cents mètres carrés.

Sa mère leva les yeux au ciel.

— Tu sais que ton père adore parler boulot.

Sauf qu'en général, le job des autres n'avait rien à voir avec l'apocalypse.

Comme personne ne faisait attention à elle, elle s'empara subrepticement des deux derniers cookies qui traînaient sur un plateau. Si c'était ça un brunch, Madison venait de découvrir son nouveau repas favori.

— C'était vraiment très gentil de la part de Chase de proposer de venir te chercher, ma puce, dit sa mère, une lueur malicieuse dans le regard. Il n'était pas arrivé depuis dix minutes et pourtant il est parti tout de suite.

Madison faillit s'étouffer avec son cookie.

— Super gentil de sa part.

Sa mère se pencha vers elle et baissa le ton.

— Il est toujours célibataire, tu sais.

Madison s'éclaircit la voix, soulagée de voir que Chase n'était pas dans les parages.

— Tant mieux pour lui.

— Et tu as longtemps eu le béguin pour lui. C'était trop mignon à voir…

Madison ouvrit la bouche pour nier farouchement, mais Mme Grant ne lui en laissa pas le temps.

— Le béguin pour qui ?

— Chase, répondit sa mère avec un mouvement de menton vers l'autre bout de la pièce. Elle les suivait, Mitch et lui, comme…

— Maman ! protesta Madison, qui aurait voulu se cacher sous la table. Je ne les suivais pas comme un chiot.

Sa mère se contenta de sourire.

— C'est tellement mignon, répondit Mme Grant en regardant en direction de Chase et des autres hommes. Je parie que c'est un jeune homme adorable. Mitch nous a dit qu'il possédait plusieurs boîtes de nuit à Washington.

La mère de Madison se lança dans le récit détaillé des exploits de Chase. En sept ans, il avait ouvert de nombreux bars chics, s'élevant au rang de célibataire le plus courtisé de la région.

Étrangement, sa mère passa sous silence la vie sociale mouvementée de ce tombeur. Madison ne s'était pas rendue dans une de ses boîtes depuis cette nuit désastreuse, quand elle avait vingt-et-un ans et que l'alcool et des années de béguin lui avaient valu une terrible humiliation.

Elle but une gorgée d'eau et s'excusa, afin de se rendre à la réception pour récupérer les clés de sa chambre. Elle navigua entre les tables et déboucha dans le grand hall. C'est alors qu'elle découvrit qu'elle avait de la compagnie.

Chase marchait à ses côtés, les mains dans les poches de son jean. Elle ne pouvait s'empêcher de se sentir naine à côté de lui qui faisait une bonne tête de plus qu'elle.

Elle haussa un sourcil, essayant désespérément de paraître détendue alors même que son cœur battait la chamade.

— Tu me suis ? demanda-t-elle.

— D'habitude c'est l'inverse, donc ça change, non ?

— Très drôle…

— En fait, je vais chercher la clé de mon chalet, répondit-il en souriant.

— Moi aussi.

Le Vignoble de Belle était constitué de nombreux chalets nichés dans le parc, et la plupart avaient été réservés par les invités du mariage qui aurait lieu le samedi. Madison se mordit soudain la lèvre en se rendant compte qu'elle n'avait pas remercié Chase.

— Merci d'être venu me chercher. Tu n'étais pas obligé.

Chase haussa les épaules sans répondre. Ils poursuivirent leur chemin en traversant d'élégants couloirs aux murs en lambris, et finirent par arriver à la réception.

Un homme entre deux âges, dont le badge indiquait qu'il s'appelait Bob, leur sourit derrière le comptoir.

— Que puis-je pour vous ?

Chase s'accouda à la réception.

— Nous venons chercher nos clés de chambres.

— Oh, pour le mariage ? s'enquit-il en posant ses mains sur le clavier de l'ordinateur, prêt à chercher leurs noms. Félicitations.

Madison étouffa un rire.

— Ce n'est pas nous. Je veux dire, ce n'est pas la peine de nous féliciter. Enfin, c'est-à-dire, lui et moi ne sommes pas…

— Ce qu'elle essaie de vous dire, c'est que nous ne sommes pas les futurs mariés, intervint Chase d'un ton égal, en souriant. (*Quelle idée, vraiment.*) Nous sommes invités.

Chase donna leurs noms pendant que Madison se giflait mentalement pour avoir bafouillé comme une adolescente attardée, mais la proximité du jeune homme la perturbait. Son odeur, moitié eau de Cologne, moitié virilité, la rendait folle.

Il fallait toujours qu'il se tienne trop près d'elle. À cet instant précis, il était à moins de cinq centimètres. Elle sentait la chaleur qui émanait de lui, et si elle fermait les yeux, elle était certaine qu'elle se souviendrait de manière précise de son bras autour d'elle, qui la tenait fermement contre son torse musclé, pendant que sa main se glissait sous l'ourlet de la robe qu'elle portait pour lui.

Madison chassa le souvenir. Pas question de se remémorer ça.

— Je suis désolé, dit l'employé. Il y a eu un fâcheux malentendu.

Madison revint brutalement sur Terre.

Elle se souvint soudain du message de son père.

— Que s'est-il passé ?

L'employé rougit violemment.

— Un autre mariage se termine vendredi, et une de nos intérimaires a pris trop de réservations, ce qui a annulé les deux dernières.

Celles de Chase et Madison : s'ils avaient bien une chose en commun, c'était leur talent pour tout faire à la dernière minute.

Chase fronça les sourcils et se pencha plus avant.

— Il doit bien y avoir une façon de résoudre le problème.

L'employé déglutit, visiblement très ennuyé, et fixa l'écran de l'ordinateur.

— Je croyais que Madame Daniels avait déjà réglé le problème.

Madison eut un très mauvais pressentiment.

— Nous lui avons tout expliqué quand elle est arrivée, reprit-il. Il ne nous reste plus qu'un chalet : la vieille suite nuptiale qui doit être refaite.

— La « suite nuptiale » ? répéta lentement Chase, comme s'il ne comprenait pas le sens de ces trois mots.

Madison sentit son estomac se nouer.

L'employé était manifestement très mal à l'aise.

— Il y a suffisamment de couchage pour deux personnes. Madame Daniels a dit que ça ne devrait pas poser de problème.

Elle allait tuer sa mère.

— Je suis désolé, répondit Chase, toisant l'employé du haut de son mètre quatre-vingt-cinq, mais nous ne pouvons pas partager un chalet, poursuivit-il d'une voix sans appel.

Sympa. Partager une chambre avec Chase ne figurait pas sur sa liste des choses à faire absolument mais ce n'était pas non plus la pire option possible.

— Je me fiche de l'argent que ça coûte, poursuivit Chase, dont le regard s'assombrit dangereusement. Je suis prêt à payer deux, voire trois fois plus, pour que nous ayons deux chambres.

Il se montrait carrément insultant. Elle lui lança un regard furibond.

— Je suis d'accord. Pas question que je partage une chambre avec cet homme.

Chase lui jeta un regard peu amène.

L'employé secoua la tête.

— Je suis vraiment navré, mais nous n'avons pas d'autres chambres. C'est la vieille suite nuptiale ou rien.

Tous deux regardèrent fixement l'employé. Madison avait le sentiment que Chase était sur le point de saisir l'homme et de le secouer, tête en bas, jusqu'à ce que des clés de chambres lui tombent des poches. Et elle l'excuserait sans problème.

— Les chambres seront disponibles vendredi matin, et vous serez les premiers à en avoir une. Mais je ne peux malheureusement pas faire mieux.

Madison se passa une main dans les cheveux, abasourdie. Partager une chambre avec Chase ? Impossible. Quand il se tenait près d'elle, elle était déchirée entre l'envie de le mater en permanence et celle de lui assener un coup sur la tête chaque fois qu'il ouvrait la bouche, ce qui avait de quoi la rendre folle.

Les jours précédant le mariage étaient censés être amusants, pas un aller simple pour l'asile. Et sa mère – sa dingue de marieuse de mère – était entièrement responsable de cette situation désastreuse. Elle allait l'enterrer dans un abri antiatomique.

Madison jeta un coup d'œil à Chase, qui n'avait toujours pas bougé. Un muscle de sa mâchoire tressaillait comme s'il était en train de mâcher ses molaires jusqu'à la gencive. La situation était atroce pour elle, mais encore pire pour lui. Il devait être prêt à faire une offre pour louer la chambre de l'employé. Partager sa chambre allait ruiner tous ses plans de drague.

— Je n'y crois pas ! lança Chase en se détournant, les mains sur ses hanches étroites, jurant entre ses dents. D'accord, donnez-moi ces fichues clés.

Madison rougit.

— Écoute, je peux…

— Tu peux quoi ? Dormir avec tes parents, qui sont en pleine deuxième lune de miel ? Ou squatter la chambre d'un autre couple et ruiner leur week-end romantique ? s'exclama-t-il en saisissant les clés que lui tendait l'employé. Dormir dans ta voiture ? Nous n'avons pas le choix, dit-il en la regardant droit dans les yeux. Nous sommes coincés l'un avec l'autre jusqu'à vendredi.

Chapitre 3

— Vous n'allez pas survivre jusqu'au mariage, constata Mitch en se renfonçant dans son siège, les yeux brillant d'amusement. Impossible.

Madison soupira.

— Pourquoi ? demanda leur mère de l'autre bout de la table. Je suis sûre que tout va bien se passer.

— Ils vont s'étriper, répondit Mitch en riant, avant de se calmer. Ils vont vraiment essayer de s'étriper.

Madison leva les yeux au ciel et lutta pour rester patiente.

— On ne va pas s'étriper.

— Je ne promets rien, murmura Chase.

Il n'avait pas dit un mot depuis qu'ils avaient quitté la réception.

Seigneur, elle était à deux doigts de lui sauter sur le dos comme un singe et de l'étrangler sans autre forme de procès. Il se leva alors et lui jeta un coup d'œil par-dessus son épaule.

— La navette en partance vers le chalet va démarrer, dernier appel, montez !

Elle le suivit.

— C'est bien la seule qui attend encore d'être montée, marmonna-t-elle.

Chase s'arrêta net.

— Pardon ?

— J'ai dit, reprit-elle avec un sourire mutin, que c'était bien la seule qui attendait encore d'être montée.

Il la dévisagea.

— Quelques noms me viennent en tête.

Ouh la la. Terrain glissant. Elle refusa de rougir.

— Je parie que tu peux compter sur les doigts d'une main celles qui attendent encore.

— C'est possible, murmura-t-il en reprenant sa route.

Le trajet jusqu'au chalet, situé à l'extrémité du parc, près de l'épaisse forêt de noyers à l'orée de la montagne, se déroula dans un silence tendu.

Elle avait regretté sa remarque sur sa vie sexuelle au moment où elle avait franchi ses lèvres. Dire ce genre de choses ne ferait que renforcer l'idée erronée qu'il ressemblait à son père. C'était quelque chose qu'elle ne comprenait pas chez lui. Elle savait qu'il craignait plus que tout de suivre les traces de cet homme volage, et pourtant il changeait de fille comme de chemise. Elle contourna un buisson de roses épineuses qui avait envahi le chemin.

Il était comme ça depuis le lycée. Peut-être pas autant que Chad, mais il était clairement la parfaite illustration du tombeur.

Et le fait que Chase couche avec tout ce qui bouge lui faisait d'autant plus mal qu'il s'était refusé à elle.

Debout devant la porte du chalet, Chase tenait la clé comme si c'était un serpent prêt à lui mordre la main.

Il n'avait pas prononcé un seul mot de tout le trajet. Il était furieux, elle le savait. Quel homme normalement constitué apprécierait de se retrouver coincé pendant un mariage avec, pour compagne de chambre, la petite sœur de son meilleur ami ? Dans une vieille suite nuptiale qui plus est…

Madison ne parvenait pas à le croire. Elle avait une poisse incroyable.

Elle voulut vérifier ses appels et eut envie de balancer son téléphone portable. Pas de réseau.

Il finit par ouvrir la porte et tendit la main le long du mur, à la recherche de l'interrupteur. Madison, interloquée, se mit la main devant la bouche.

Ce n'était pas possible.

— Ton frère nous a fait une blague, dit-elle.

— Si c'est le cas, je vais le tuer, répondit Chase en secouant lentement la tête.

Pas étonnant que le chalet soit fermé pour être refait. Quelqu'un l'avait manifestement nettoyé rapidement : il flottait dans l'air une odeur de détergent et de pot-pourri. Mais le sol… Et le lit !

De nombreux tapis, de toutes les couleurs de l'arc-en-ciel, formaient par terre un patchwork douteux, rehaussé d'une peau d'ours. Une véritable peau d'ours. Les murs étaient peints en rouge et mauve. Quant au lit, il était recouvert de velours bordeaux et… en forme de cœur.

Chase parcourut la pièce, laissant tomber au passage les clés sur une commode blanche qui aurait été plus à sa place chez une vieille dame. Il jeta un coup d'œil par-dessus son épaule et haussa un sourcil.

Madison explosa de rire. Impossible de s'en empêcher.

— On dirait une garçonnière tout droit sortie des années 1970.

Il se décrispa vaguement.

— J'ai dû voir cette chambre dans un vieux porno.

Elle le suivit en gloussant. Un coup d'œil dans la salle de bains leur dévoila une baignoire de la taille d'une piscine, parfaite pour un couple de mariés timides.

— On peut mettre cinq personnes dans ce truc, commenta Chase en regardant par-dessus l'épaule de Madison, incrédule.

— Une pratique peu recommandable à l'occasion d'une lune de miel.

— Pas faux, mais c'est assez grand pour deux, pas de problème.

— Je ne sais pas, répondit-elle en quittant la pièce et en se dirigeant vers les portes-fenêtres qui menaient vers la terrasse et le jacuzzi. Je n'ai jamais trouvé ça génial de baiser dans la baignoire.

— C'est parce que tu ne sais pas t'y prendre.

Elle sentait son souffle chaud contre sa joue. Évidemment, il s'y connaissait.

Il avait surgi derrière elle sans bruit. Surprise, elle se retourna et déglutit. En l'imaginant nu et mouillé dans cette baignoire, elle sentit se répandre dans ses veines de la lave en fusion.

Ses genoux chancelèrent.

— Je sais parfaitement m'y prendre.

— Bien sûr, dit-il d'une voix caressante. Tu as juste eu le mauvais partenaire.

Madison n'était pas prude, et ce n'était pas parce qu'aucun homme n'arrivait à la cheville de Chase qu'elle n'en avait pas eu dans sa vie. Et il était peut-être dans le vrai, elle avait certainement eu de mauvais amants, parce qu'elle était certaine qu'elle apprécierait de passer du temps avec Chase dans une baignoire, même s'il faudrait lui passer sur le corps pour lui arracher de tels aveux.

Ce qui voulait dire qu'il était temps de changer de sujet, et vite. Mais quand elle leva les yeux et vit qu'il n'avait pas détaché d'elle son regard légèrement voilé, son souffle se fit court.

Se tenir si près de lui, à quelques centimètres d'un lit sorti tout droit de la chambre d'Austin Powers, c'était trop pour elle. La nuit dans la boîte de nuit refit brusquement surface dans sa mémoire, dans un mélange d'émotions vagues et d'espoirs confus qui ne s'étaient jamais concrétisés.

Elle finit par retrouver l'usage de sa voix.

— Ça n'a rien à voir avec mes partenaires.

Chase pencha la tête sur le côté, et plissa ses yeux d'un bleu intense.

— Partenaires au pluriel ?

Elle feignit l'indifférence et leva les yeux au ciel, alors que son cœur s'était subitement emballé.

— J'ai vingt-cinq ans, pas seize.

— Je sais très bien quel âge tu as, grogna-t-il.

— Alors qu'y a-t-il de choquant à avoir une vie sexuelle ?

Il fit un pas vers elle et elle recula.

— Avec plus d'une personne ?

Comme si c'était un scoop.

— Et toi, tu as couché avec combien de femmes ? Cinq cents ? rétorqua-t-elle. Combien dans un seul mois ?

Une vive lueur d'avertissement étincela dans ses yeux couleur de saphir.

— Ce n'est pas de moi qu'on parle.

— Ni de moi.

Il fit un pas de plus et le dos de Madison heurta le mur. Elle ne pouvait plus reculer.

— Alors, arrête, dit-elle.

— Arrête quoi ?

Il se pencha, son souffle divinement chaud contre sa joue, et planta un bras de chaque côté de sa tête.

Le regard de Madison se porta sur ses lèvres, et elle oublia complètement de quoi ils parlaient. Ça avait un rapport avec le sexe, et parler de sexe avec Chase n'était vraiment pas une bonne idée. Parce que maintenant elle voulait pratiquer. Avec lui.

Elle voulait le sentir en elle, uniquement lui, toujours lui.

Elle en brûlait d'envie !

Elle se sentit submergée par des vagues de chaleur. Le désir flamba si vite qu'il l'envahit violemment, étourdissant ses sens. La petite partie de son cerveau qui fonctionnait encore tirait désespérément le signal d'alarme. Penser que quelque chose pourrait avoir lieu entre elle et Chase était complètement dingue mais quand elle leva les yeux vers lui et rencontra son regard, son cœur cessa de battre.

— Dis-moi, ordonna-t-il d'une voix basse et rauque, combien de garçons as-tu laissés te toucher ?

Une partie d'elle se rebiffa en entendant la question, mais l'autre partie d'elle, l'idiote, était ravie de voir qu'il s'intéressait à elle.

— Je n'ai jamais couché avec des garçons, Chase, mais avec des hommes.

La colère – et quelque chose de beaucoup plus puissant –, brûla dans ses yeux bleus.

— Ah, c'est comme ça que tu le prends !

— Je le prends comme je veux. Ce n'est clairement pas ton problème…

Il se mit à rire, et se pencha sur sa joue.

— Au contraire, c'est complètement mon problème.

— Il va falloir m'expliquer pourquoi, répondit-elle.

— En tant que petite sœur de mon meilleur ami, dit-il en souriant, il me semble que ça me concerne de près.

Ce n'était pas la chose à dire. Un feu d'une autre sorte se mit à brûler dans les veines de Madison.

— Dégage !

Elle se décolla du mur, mais Chase avança et son torse effleura sa poitrine. Le corps de Madison s'emballa. Colère, désir, espoir, crainte : toutes ces émotions se mêlèrent.

— Chase…

Il ne répondit pas et elle ne pouvait penser à rien d'autre qu'à son torse dur et musclé contre ses seins. Le fin coton de sa chemise et de son propre chemisier ne pouvait rien pour dissimuler la chaleur qui se dégageait de lui et celle qui la consumait. Ses tétons se durcirent presque douloureusement, et elle inspira profondément en réprimant un gémissement.

Chase entrouvrit les lèvres.

Elle ne pouvait pas cacher ce qu'elle ressentait, pas à un homme comme Chase, qui avait autant d'expérience avec les femmes. Elle voulait qu'il l'essaie, elle aussi. Son estomac se noua.

Elle avait le souffle court alors qu'il ne l'avait même pas touchée. Elle essaya de contrôler ses hormones en pensant en vain au plan du métro de Washington. Son corps lui échappait.

La respiration de Chase devint plus lourde, et il la regarda en fronçant les sourcils, alors même qu'il avait posé son front contre le sien. Il ferma brusquement les yeux et elle s'immobilisa complètement ; elle osait à peine respirer, attentive au souffle de Chase, qui caressait son front, ses tempes et ses joues.

Les lèvres du jeune homme effleurèrent les siennes.

— Non, gronda-t-il.

Madison ne comprit pas à qui il s'adressait, mais soudain sa bouche s'écrasa contre la sienne, et son monde se réduisit à lui, à ses lèvres qui se pressaient sur les siennes, exigeantes. Ce baiser n'était ni doux ni gentil. Il était passionné et brutal, il lui coupait le souffle et lui brûlait l'âme. C'était exactement ce qu'elle voulait. Elle voulait qu'il la prenne sauvagement, sur le sol, voire sur la peau d'ours, elle voulait qu'ils se roulent l'un sur l'autre, nus et en nage.

La langue de Chase était brûlante dans sa bouche ; elle combattit la sienne jusqu'à prendre le contrôle total et caresser son palais. Il l'embrassait avec une possessivité délicieuse, comme s'il réclamait un dû et effaçait les souvenirs de tous les autres hommes. Il y parvint complètement : en l'espace d'une seconde, elle oublia tous les autres.

Il ôta une de ses mains du mur, lui caressa la joue, puis lui saisit la nuque. Sa façon de la tenir, si douce, était en complète contradiction avec sa façon de l'embrasser, si fougueuse. C'était comme ça qu'elle le voulait, comme ça qu'elle l'avait tant de fois imaginé, après un bref et divin aperçu. Elle gémit et se liquéfia. Elle avait douloureusement envie de lui.

Chase recula brusquement, et Madison ouvrit brutalement les yeux. Elle respirait de manière complètement erratique. Il la regarda. Il la regarda comme s'il avait fait quelque chose d'illégal. Elle n'en revenait pas : il l'avait embrassée !

Il s'éloigna d'elle à reculons, et secoua la tête, les poings serrés.

— Il… il ne s'est rien passé.

Elle cilla, le cœur serré.

— Je crois bien que si.

L'indifférence se peignit sur son beau visage, et Madison eut l'impression qu'on l'avait frappée violemment.

— Non. Non, répéta-t-il. Il ne s'est strictement rien passé.

Sur ces mots, il tourna les talons et sortit en trombe en claquant la porte derrière lui.

Madison cligna lentement des yeux. Il pouvait bien nier, il n'avait pas le droit de fuir comme une princesse outragée. Elle allait le poursuivre et le castrer.

Elle grimaça.

D'accord, c'était peut-être un peu extrême. Mais il n'était pas question de le laisser l'embrasser comme ça et prendre ensuite la poudre d'escampette.

Madison était bien partie pour être bourrée.

Pas au point de se déshabiller et de danser sur les tables, même si, en l'absence de sa famille, elle aurait volontiers envisagé cette possibilité, mais elle sentait venir la migraine due à une trop forte consommation de vin.

Assise sur un des bancs de la terrasse du chalet principal, elle inspira l'air de la montagne et des vignes. Plusieurs membres de sa famille et de celle de Lissa bavardaient à ses côtés. Le bourdonnement des conversations aurait dû l'apaiser, elle qui avait une tendresse particulière pour les bruits de fond, mais elle n'avait qu'une envie : se faufiler à travers les interstices de la rambarde et disparaître dans la nuit. Elle but son vin à longs traits et contempla la pelouse. Des lanternes en papier, suspendues à des piquets le long du chemin gravillonné, répandaient une faible lueur autour d'elles.

Elle jeta un coup d'œil à son troisième verre de vin rouge et ravala un gloussement étouffé. Elle ne tenait pas l'alcool, mais il l'aidait à combattre le mélange de honte et de désir inassouvi qui brûlait dans son ventre. Un sentiment ô combien familier après la moindre incartade avec Chase.

Il l'avait embrassée.

Pour ensuite lui demander, avec toute la cruauté dont il était capable, de l'oublier. Tout ça avait un goût de déjà-vu, comme son cœur blessé pouvait en témoigner.

Pourquoi l'avait-il embrassée si l'idée le dégoûtait ? Qui sait ? Peut-être que la réponse se trouvait au fond de son verre.

Le rire contagieux de son père la fit sourire faiblement et elle se retourna. Il se tenait près de son frère et de deux des frères Gamble. Chase se cachait ailleurs, certainement le plus loin possible d'elle.

Elle ne l'avait pas revu après leur baiser, baiser dont il avait pris l'initiative, si ses souvenirs étaient bons. Elle s'était comportée comme une enfant en se terrant dans la salle de bains pendant qu'il déposait leurs bagages dans la chambre la plus vulgaire qui soit. Comme quart d'heure de gloire, on avait connu mieux.

Madison ne comprenait rien à rien, et elle trouvait ça injuste. C'était bien la dernière chose qu'elle voulait vivre pendant le mariage de son frère. Elle était censée s'amuser et rire, pas vivre une humiliation supplémentaire.

Et pourtant elle était là, reconnaissante de pouvoir dissimuler sa rougeur dans les ténèbres. Pire que tout, ce baiser la renvoyait à la seule nuit qu'elle voulait à la fois oublier et garder en mémoire. Nuit qu'elle était à présent incapable de ne pas revivre.

Elle était en troisième année de fac, comme toujours entre deux petits amis, incapable de se débarrasser de son béguin d'enfance, et elle avait acheté une robe noire ultra-sexy avec l'argent gagné pendant les mois qu'avait duré son travail de recherche à l'université.

La soirée d'ouverture de la boîte de Chase, le *Komodo*, avait tout changé. Même si cela s'était produit des années auparavant, elle avait l'impression que c'était hier. L'alcool. La piste de danse. Tout le monde était là ; son frère, Lissa, les frères de Chase, ses amis à elle. La soirée avait été un franc succès. Madison avait été extrêmement fière de lui, comme toujours. Contrairement à d'autres, elle n'avait jamais douté de ses capacités.

La fête était terminée quand c'était arrivé. Son frère et la plupart de ses amis étaient déjà partis, quand elle avait trouvé Chase dans son immense bureau du troisième étage, face à la fenêtre. La vision de son dos raide et de son costume bien coupé tendu sur ses larges épaules lui avait coupé le souffle. Elle était restée à le contempler pendant quelques secondes – qui lui avaient paru durer une éternité – et il avait fini par se retourner et lui sourire, rien qu'à elle.

Madison s'était approchée de lui, l'avait complimenté avec sincérité sur son club et l'avait écouté parler de ses projets : il voulait ouvrir deux autres établissements, l'un à Bethesda et l'autre à Baltimore. Elle se sentait flattée d'être mise ainsi dans la confidence. Elle avait l'impression de faire partie de son monde et cela la ravissait.

Certes, ils avaient un peu bu, mais pas suffisamment pour imputer à l'alcool la suite des événements.

Quand elle avait voulu le serrer dans ses bras pour lui dire au revoir, elle avait légèrement levé le visage vers lui et il s'était soudain produit quelque chose de merveilleux et d'insensé.

Chase l'avait embrassée. Délicatement, prudemment et si doucement qu'elle avait cru que tous ses rêves s'étaient réalisés en une fraction de seconde. Avant qu'elle ait compris ce qui se passait, il s'était assis sur l'un des canapés en cuir et l'avait attirée sur ses genoux. Ses baisers étaient terriblement charnels et follement érotiques. D'une main sûre et habile, il avait fait glisser la fermeture éclair de sa robe, et il avait admiré son corps de son regard brûlant. Elle avait l'impression que ses mains étaient partout à la fois, sur ses seins, sous sa robe, où il avait pu découvrir l'une des particularités de Madison : elle ne portait jamais de culotte. Ça l'avait rendu fou de désir : il l'avait allongée sur le dos et l'avait caressée dans les endroits les plus intimes, et sa langue avait imité dans sa bouche le mouvement de ses doigts.

Quand elle avait fini par crier son nom, il s'était subitement immobilisé, le souffle court, et il s'était aussitôt éloigné d'elle, mettant toute la largeur de la pièce entre eux.

Elle n'avait pas eu le temps de comprendre ce qui se passait. Chase avait complètement flippé et l'avait mise à la porte de son bureau. Le lendemain matin, il s'était excusé par téléphone, avait mis son comportement sur le compte de la boisson et avait promis que ce genre d'incident ne se produirait plus jamais.

Ce qui avait été le cas... Jusqu'à aujourd'hui.

Cette fois-ci, il ne pouvait pas mettre ses frasques sur le compte de l'alcool. Il n'avait aucune excuse, mais il lui avait déjà brisé le cœur en mille morceaux. Elle avait eu beau essayer, elle ne s'était jamais vraiment remise de cet épisode. Il l'avait blessée, laissant dans son cœur une cicatrice profonde qui se rappelait à elle quand elle s'y attendait le moins.

Même s'il avait été un peu attiré par Madison, il n'éprouvait manifestement pas le même désir qu'elle. Leur relation était déséquilibrée parce qu'elle en voulait plus. Chase avait eu envie d'elle puis il avait décidé que ça suffisait, ce qui était sa façon habituelle de procéder. Quant à ce qui s'était passé un peu plus tôt dans la journée ? Peut-être qu'il s'ennuyait. Ou qu'il voulait juste savoir si Madison avait toujours envie de lui.

Une fois l'information confirmée, il l'avait rejetée de nouveau.

Madison inspira profondément. Ce n'était pas un mauvais bougre, pourtant, elle en était certaine. Il n'était simplement pas fait pour elle.

Les larmes lui montèrent aux yeux et elle les refoula en se blâmant pour sa bêtise. Quand elle était à l'université, elle avait passé des nuits entières à pleurer sur Chase, surtout quand, après ce fameux soir, il avait décidé de sortir avec toutes les femmes de la ville. Ses conquêtes étaient tellement nombreuses qu'elle avait fini par les confondre. Il faut dire qu'elles se ressemblaient : invraisemblablement grandes et blondes, avec des seins énormes.

Tout le contraire de Madison.

Elle renifla et but une nouvelle gorgée de vin. C'était finalement mieux comme ça. Chase serait toujours hors de sa portée. Ce baiser avait été un coup de chance et une folie.

La voix de Lissa interrompit sa rêverie.

— Madison ?

— Coucou, répondit-elle en souriant.

— On ne t'entend pas beaucoup ce soir, fit remarquer la future mariée, rayonnante dans sa robe blanche à fines bretelles, en s'asseyant à ses côtés. Tu te fais du souci pour ta voiture ?

Mitch m'a dit que le dépanneur l'avait rapportée il y a deux heures.

— Oh, je sais, et puis papa remplacera le pneu demain. C'est juste que je m'imprègne du lieu, répondit Madison en regardant vaguement les autres invités. Cet endroit est magnifique.

— Je trouve aussi, soupira Lissa. On l'a découvert il y a deux ans et on a survolé le vignoble en montgolfière. C'est là qu'on est tombés amoureux de cet endroit.

— Il y a de quoi, répondit Madison, tout en pensant qu'il y avait nettement plus de chances pour qu'elle se marie et tombe enceinte plutôt qu'elle accepte de grimper dans une montgolfière. Tu dois être super excitée.

— Oh oui ! s'exclama Lissa dont le sourire s'élargit.

Madison ne put s'empêcher de lui sourire en retour. C'était comme ça, Lissa avait le sourire contagieux.

— Ton frère est un homme merveilleux, reprit Lissa, et je suis la plus chanceuse et la plus heureuse des femmes.

— Je suis certaine qu'il pense la même chose de toi, répondit Madison, l'œil humide.

— Je le pense aussi. C'est tellement parfait.

Une boule s'était soudain logée dans la gorge de Madison, qui la fit passer avec une gorgée de vin.

— C'est parfait, c'est vrai.

Lissa lui lança un regard en coin.

— Tu es ravissante ce soir.

— Tu trouves ?

Madison jeta un coup d'œil sur sa robe bleue, fluide et sans manche, qui lui arrivait au-dessus du genou. Elle était d'un profond bleu roi mais sans rien de… Elle secoua la tête. Inutile de se faire du mal.

— Merci, reprit-elle.

Elle entendit soudain un rugissement viril monter de l'endroit où se tenait son père. Elle se retourna et oublia de respirer. Chase était arrivé.

Madison contempla son verre vide et étouffa un gémissement.

— C'est un sacré mec, ce Chase, constata Lissa.

— « Sacré », oui, c'est le moins qu'on puisse dire ! marmonna Madison en haussant un sourcil.

— Mitch m'a raconté que vous étiez inséparables tous les trois, poursuivit Lissa, qui avait pris la remarque de Madison pour un compliment. Je n'arrive pas à croire que les trois frères Gamble soient toujours célibataires. Comment est-ce possible alors qu'ils sont riches et beaux ? demanda-t-elle à

Madison d'un air entendu. Ta mère m'a dit que tu avais eu le béguin pour Chase quand tu étais plus jeune.

— Elle t'a raconté ça ?

Madison chercha désespérément du regard le serveur qu'elle avait vu circuler avec un plateau entier de verres de vin un peu plus tôt dans la soirée.

Lissa acquiesça.

— Quand il a su que tu étais en panne, il s'est précipité à ton secours.

Elle gloussa et Madison eut envie de frapper quelque chose.

— Il n'était pas arrivé depuis cinq minutes, reprit la future mariée. C'était très mignon à voir.

Madison refusait d'extrapoler sur les motivations de Chase. Elle aperçut alors la chemise d'un blanc immaculé du serveur. Hourra !

— Tu n'as jamais envisagé… ? poursuivit Lissa.

Madison rougit puis pâlit.

— Envisagé quoi ?

— Avoir une histoire avec Chase. Je sais bien que vous vous connaissez depuis toujours, mais certaines histoires d'amour commencent par de l'amitié. Mitch et moi, par exemple. On a d'abord été amis…

Mon Dieu. Madison agita le bras en direction du serveur comme une dératée.

— Tu as soif ? s'enquit Lissa en souriant.

— Tu n'imagines même pas !

Madison saisit brusquement un verre sur le plateau en remerciant le serveur avec un sourire. Peut-être ferait-elle mieux d'en prendre un deuxième tout de suite, histoire de pouvoir affronter la conversation.

— Comme vous êtes obligés de partager une chambre, poursuivit Lissa avec une lueur malicieuse dans le regard, c'est le moment ou jamais de tenter le coup.

Oh et puis zut. Madison attrapa un deuxième verre avant que le serveur ne tourne les talons. Elle en avait vraiment besoin.

Chapitre 4

Chase ne prenait aucun plaisir à la conversation entre ses frères et Mitch, qui dissertaient sur l'angoisse de la performance lors de la nuit de noces. Comme si ses frères avaient plus d'expérience que Mitch sur ce sujet.

Chad avait fini par faire son apparition et, le père de Mitch étant allé rejoindre sa femme, il se mit à donner des conseils avisés.

— Tu t'es rasé les couilles ? demanda-t-il, sa canette de bière à la main.

Il était le seul à ne pas boire de vin.

— Quoi ? s'esclaffa Mitch.

— « Rasé les couilles », répéta Chad en souriant. Les femmes adorent ça.

Chase ne doutait pas un instant que Chad en soit parfaitement informé. Même si tout Washington pensait que Chase était un véritable tombeur, le plus séducteur des trois, c'était Chad.

— Il n'est pas question que je discute de mes couilles avec vous, les mecs, répondit Mitch. Ni maintenant, ni jamais.

— Merci, mon Dieu, rétorqua Chase.

— Tu devrais m'écouter et te raser, reprit Chad avec ce sourire satisfait qui n'appartenait qu'à lui. Tu devrais aussi prévoir des *sex-toys*. C'est...

Chase cessa d'écouter son frère. Il n'aurait pas été surpris d'apprendre qu'il avait rempli la chambre nuptiale de Mitch avec tout un tas d'objets pervers, juste pour se marrer.

Accoudé à la balustrade, Chase laissa son regard errer sur les invités. La plupart s'étaient déjà retirés, y compris les parents de Mitch et de Lissa. Il ne restait que les plus jeunes, clientèle habituelle de ses boîtes de nuit.

Il était anxieux. Il détestait s'éloigner pendant plusieurs jours sans pouvoir s'assurer que tout roulait. Ses gérants étaient compétents, mais même si c'était une nuit de semaine, il devait combattre l'envie pressante de téléphoner toutes les cinq minutes.

Il essayait désespérément de ne pas penser à ce qui s'était passé dans cette horrible chambre nuptiale. Et merde. Qu'est-ce qu'il lui était passé par la tête ? Pourquoi avait-il – encore – embrassé Maddie ?

Il jeta un coup d'œil en direction de Mitch et il eut l'impression qu'on l'émasculait. Il ne méritait pas mieux. Avec sa réputation de derrière les fagots, il ne faisait aucun doute que Mitch serait furieux d'apprendre que Chase s'était jeté sur sa petite sœur. Même si Mitch n'avait jamais ouvertement condamné l'idée – il avait même plusieurs fois suggéré qu'ils formeraient un joli couple – Chase n'était pas près de laisser se produire une chose pareille. Et il subodorait que son ami serait moins tolérant s'il se passait vraiment quelque chose entre Maddie et lui : ses exploits avec la gent féminine et l'héritage génétique de son père risquaient fort de refaire surface à ce moment-là. Ce n'était pas parce que Mitch avait fait une ou deux allusions qu'il avait donné sa bénédiction.

Chase croisa les bras et contempla la mer de visages souriants autour de lui.

Elle était là-bas, près des bancs. S'il en croyait les verres vides autour d'elle, elle en était à son quatrième verre de vin, et si elle n'avait pas changé, la nuit promettait d'être longue. Et intéressante.

Maddie.

Petite folle.

Quand il l'avait embrassée, un peu plus tôt dans la journée… Il n'avait jamais tenu une femme aussi fougueuse dans ses bras. Sa façon de se lover contre lui et ses gémissements si féminins l'avaient presque rendu fou, ce qui l'avait paradoxalement ramené à la raison, mais n'avait rien ôté aux attraits de la jeune femme.

Elle était toujours incroyablement sexy.

Chase se campa sur ses deux jambes et réprima un grondement. L'incident de l'après-midi, comme celui de la nuit dans son club, avait été une erreur. Une erreur fort agréable, certes, mais qui ne pouvait en aucun cas se reproduire. C'était la sœur de son meilleur ami…

Et elle était debout sur un banc, un verre à moitié vide à la main. Elle ondulait lentement des hanches au rythme de la musique.

Et merde.

L'un des collègues de Mitch se tenait à côté du banc, un sourire béat sur le visage, comme s'il avait gagné le gros lot. Il se disait plus probablement en la regardant se trémousser sensuellement qu'il avait toutes les chances de tirer son coup ce soir.

Sans réfléchir, Chase avança vers eux. Alors qu'il était à deux doigts de se précipiter vers elle et de la faire descendre de son perchoir, il se contraignit à s'arrêter. Qu'est-ce qu'il lui prenait ? Il n'avait pas à se mêler de ses affaires.

Même si une partie de lui en mourait d'envie.

Il reprit sa position contre la balustrade, la mâchoire si serrée qu'il en avait mal aux dents. Qui était ce connard qui lui parlait et la draguait et essayait de la faire descendre du banc ? Robby ? Bobby ? Un nom d'abruti dans ce genre.

Quel que soit son nom, le type en question leva les bras, saisit la jeune femme par les hanches et la fit descendre. Le rire léger de Maddie traversa toute la terrasse et Chase sentit tous ses muscles se tendre.

— Qu'est-ce qui ne va pas, mec ? demanda Chandler.

Chase ne répondit pas, incapable de se détacher de la scène qui se déroulait un peu plus loin.

Chandler suivit son regard et se mit à rire.

— Que fait la petite Maddie ?

— Des conneries, marmonna Chase.

— Elle a le droit de s'amuser, répondit son frère. Il n'y a rien de mal à danser avec un mec.

Chase n'était pas du tout de cet avis.

— Ce n'est plus une enfant, ajouta Chandler, comme si son frère avait besoin qu'on le lui rappelle.

Ce dernier sentit la colère l'envahir.

— Elle ne connaît même pas ce type.

— Et alors ? rétorqua Chandler, qui sembla soudain comprendre quelque chose. Oh mince alors, si je m'attendais à ça !

Chase se tourna brusquement vers son frère. N'importe quel homme aurait reculé devant l'air dangereux de Chase, mais pas Chandler. Rien ne l'effrayait.

— Quoi ? aboya Chase.

— N'essaie pas de nier, répondit Chandler en secouant la tête avec un petit rire. Tu es raide dingue de cette fille…

Chase fronça les sourcils.

— Tu racontes n'importe quoi !

— Ne te fous pas de moi, rétorqua Chandler en s'appuyant à son tour contre la balustrade. Mitch va être furieux, ajouta-t-il en jetant un coup d'œil par-dessus son épaule.

Comme si je n'étais pas déjà au courant. Merci de me le rappeler…

Le regard de Chase revint vers Maddie. Il y avait encore un peu d'espace entre elle et l'abruti mais elle lui lançait des sourires à la fois innocents et irrésistibles, et Chase en eut l'estomac retourné.

Chandler lui donna une claque sur l'épaule.

— Mais je pense qu'après t'avoir filé une bonne raclée, il te remerciera.

Mais bien sûr…

— Et pourquoi ça ?

Son frère le regarda comme s'il était complètement idiot.

— Maddie pourrait finir avec un mec bien pire.

— Merci pour le compliment ! répondit Chase avec un sourire narquois.

— Tu as très bien compris ce que je veux dire. Une fois qu'il se sera fait à l'idée, il sera ravi. Il te connaît et il a confiance en toi.

C'était bien là le problème. Mitch lui faisait confiance, ce qui interdisait à Chase de s'approcher de Maddie, parce que – cela ne faisait aucun doute dans l'esprit du jeune homme – leur relation ne pouvait que mal se terminer.

— Eh bien, tout ça n'arrivera jamais, répondit-il.

Chandler resta silencieux un long moment, le regard perdu dans les vignes.

— Tu veux bien m'expliquer pourquoi ? finit-il par demander.

— J'ai vraiment besoin de le faire ?

— Je ne comprends pas, reprit Chandler après un silence. Maddie a toujours été amoureuse de toi. Et ce n'est pas la peine de me regarder comme ça, tout le monde est au courant, déclara son frère en souriant, ce qui lui arrivait rarement. Vous iriez bien ensemble. Elle serait parfaite pour toi.

Chase ne voulait même pas y penser.

— Et tu serais bien pour elle, ajouta tranquillement son frère.

— Tu peux me dire pourquoi on discute ? rétorqua Chase en se passant la main dans les cheveux. Son frère ferait mieux d'intervenir et de la ramener à sa chambre avant qu'elle fasse une connerie avec ce débile.

— J'ai comme l'impression que Mitch est occupé à se ménager une partie de jambes en l'air dans la nature avec sa fiancée, gloussa Chandler.

Mitch et Lissa venaient effectivement de disparaître dans les buissons. Chase soupira longuement et envisagea de regagner son chalet ou de dormir dans sa voiture. Il était tard et rester là à regarder Maddie…

Le rire de la jeune femme résonna comme un carillon tandis que l'homme avec qui elle dansait se collait contre elle, mains sur sa taille.

Chase en avait assez vu.

Il cessa de réfléchir. Il traversa la terrasse à grandes enjambées, sans entendre la remarque acérée et le rire de son frère, et se campa près du mec.

Pendant un instant, ni Maddie ni lui ne semblèrent remarquer sa présence, jusqu'à ce que la jeune femme l'aperçoive. L'abruti se raidit et se retourna. Il perdit l'usage de la parole : la rage se lisait sur le visage de Chase. Parfait.

— Maddie, dit Chase d'un ton étonnamment calme, il est temps de rentrer.

Elle le dévisagea et rougit joliment.

— Pourquoi ça ?

Le regard noir de Chase était suffisamment explicite, mais elle était manifestement trop ivre pour comprendre du premier coup.

— Je pense sérieusement qu'il est temps de nous retirer.

Maddie fit la moue et chercha son verre des yeux.

— Il est encore tôt. Je ne veux pas rentrer tout de suite. Bobby, tu sais où j'ai mis mon verre ? J'aurais juré que je l'avais posé là.

Son refus d'obtempérer semblait avoir redonné du cran à l'abruti, qui se planta entre Maddie et Chase.

— Je la raccompagnerai à sa chambre.

— Je ne crois pas, non.

Bobby-Abruti lui tint tête tandis que Maddie fouillait le recoin sombre de la terrasse à la recherche de son verre.

— Elle va très bien, mec.

— Ne t'approche pas d'elle.

Chase le dépassa et le laissa derrière lui, de même que ses projets pour la soirée. Lui vivant, il ne permettrait pas à un abruti pareil de faire de Maddie son coup d'un soir.

Il saisit gentiment la jeune femme par le bras et l'attira loin de la bouteille de vin qui attendait dans un seau plein de glaçons.

— Viens, on rentre, dit-il en lançant à Bobby un regard acerbe.

Il eut la satisfaction de voir l'autre homme comprendre la situation et lever les mains en signe de reddition tout en reculant. *Fini de jouer, abruti.*

Maddie commença à protester, mais elle perdit l'équilibre et gloussa derrière sa main.

— Je suis un peu bourrée. Pas complètement, mais je suis bien partie.

Chase haussa un sourcil.

Maddie gloussa de nouveau et le regarda par-dessous ses longs cils.

— Tu fais une de ces têtes ! C'est quoi ton problème ? J'étais juste en train de danser et de…

— Et de quoi ? gronda-t-il.

Elle se gratta le nez.

— Et de… Ben, je ne sais pas.

Il leva les yeux au ciel.

— Viens, je vais te mettre au lit.

— Non, mais, écoute-toi un peu ! M'envoyer au lit ! Tu devrais avoir honte, dit-elle en gloussant de plus belle tout en se dégageant de son étreinte. Que vont s'imaginer les gens ? Pense au qu'en dira-t-on, Chase.

— Maddie…

Elle se précipita soudain vers l'escalier qui menait à l'allée et il la suivit en soupirant. Au moins, elle s'éloignait des vignes, ce qui était une bonne chose.

Il passa devant Chandler, à qui il lança un regard destiné à prévenir toute remarque sarcastique. Il dut se retenir pour ne pas en faire une non plus. Son frère évitait comme la peste les relations de longue durée. Il enchaînait les aventures, et il ne se rangerait pas avant que les poules aient des dents.

— Bonne nuit ! lui lança Chandler en riant.

Chase lui répondit par un doigt d'honneur.

Il rattrapa Madison en haut de l'escalier et glissa un bras autour de sa taille fine. Elle s'appuya sur lui et il l'aida à descendre. Elle était saine et sauve lorsqu'elle atteignit la dernière marche.

Le retour au chalet mit à rude épreuve la patience de Chase, même s'il ne put s'empêcher de rire à certains moments. Elle lui faussa compagnie à plusieurs reprises pour aller vadrouiller Dieu seul savait où. Il ne faisait aucun doute qu'elle ne savait plus où elle était. Elle finit par enlever ses chaussures à talons à mi-chemin et se laisser tomber devant le chalet non loin du leur, au beau milieu de l'allée faiblement éclairée par la lune.

— Qu'est-ce que tu fais ? demanda Chase.

— Je me repose.

Il secoua la tête et se mit debout derrière elle.

— Tu n'as pas beaucoup marché pourtant.

— Au contraire, j'ai l'impression d'avoir marché toute la nuit. (Elle renversa la tête en souriant et l'appuya sur les genoux de Chase.) Quand je suis ivre, je fais ça. Je m'assieds au milieu de la route. Oh, j'ai l'impression d'être de nouveau à la fac !

Il fronça les sourcils.

— Est-ce que ça t'est arrivé souvent ?

— Un nombre incalculable de fois, gloussa-t-elle.

— Je ne m'en souviens pas.

Elle leva la main vers lui mais elle visa à côté et se mit la main dans la figure.

Il grimaça et saisit sa petite main pour éviter qu'elle ne recommence.

—Aïe.

Maddie ne semblait pas s'être rendu compte qu'elle avait failli s'assommer toute seule.

— Tu n'étais pas toujours là, tu sais, reprit-elle.

Chase réprima un sourire et se pencha vers elle. Il l'attrapa sous les bras et la remit debout.

—Est-ce qu'il faut que je te porte ? Si je dois en passer par là, ce sera l'apogée de ma carrière de preux chevalier.

—Tu es tout sauf un preux chevalier.

Elle trébucha, pivota vers lui et lui frappa la poitrine. Il poussa un grognement.

—Mais en fait, si, reprit-elle. Tu as bon cœur, Chase Gamble.

Ouh la. Elle est vraiment bourrée.

—Bon, je crois que je vais devoir te porter.

—Non merci, je peux très bien marcher, rétorqua-t-elle, vexée. J'étais juste un peu fatiguée.

—Tu as dit que non.

—Ben en fait, si.

Il la dévisagea.

—Tu es un vrai rabat-joie ! lança-t-elle.

Elle vacilla un peu et leva la tête vers le ciel, exposant son long cou gracieux. Quand ses cheveux étaient lâchés, dans cette position, ils caressaient ses hanches.

— La lune est énorme, commenta-t-elle.

Il y avait autre chose d'énorme, qui grossissait à vue d'œil dans le pantalon de Chase. Il était certain que sa réaction faisait de lui un beau salaud, même s'il n'y pouvait pas grand-chose. Chase était un homme et, Maddie, ben, c'était juste Maddie.

Elle lui sourit par-dessus son épaule.

— Je suis vraiment heureuse pour mon frère, radota-t-elle. Ils vont avoir des enfants, et je pourrai m'occuper de mes neveux. Je les emmènerai à l'Institut et je leur apprendrai plein de choses en histoire et en… enfin des trucs, quoi.

— Ils ne sont pas encore nés que tu as déjà fait d'eux des intellos.

Elle brandit un doigt à quelques centimètres du visage de Chase et ce dernier résista à l'envie folle de le lécher.

— Les intellos sont cool, répondit-elle. Contrairement à toi.

Chase éclata de rire et lui prit gentiment la main. Il la guida le long du sentier.

— Qu'est-ce que tu voudrais leur apprendre ?

— Des trucs… La guerre de Sécession… Qu'il faut entretenir nos champs de bataille, préserver l'histoire… Ils seront bénévoles.

— Tu feras tout ça ?

Ils n'étaient plus qu'à quelques pas de la porte. Elle se dégagea et le poussa légèrement.

— Bien sûr. Je suis experte en la matière.

— Je n'en doute pas.

C'était la vérité. Il n'avait jamais dit à Maddie qu'il était fier de tout ce qu'elle avait accompli, fier qu'elle ait toujours été major de promo.

Il aurait peut-être dû le faire.

Il la suivit à l'intérieur. Elle se dirigea vers le lit et se laissa tomber dessus.

Il alluma une petite lampe à l'abat-jour fuchsia qui se tenait dans un coin, et éteignit le plafonnier. Il valait mieux réduire la lumière.

— Comment on s'organise ? demanda-t-elle en regardant alternativement le lit et Chase. On partage le lit ?

Chase sentit son érection l'élancer douloureusement à l'idée de s'allonger à ses côtés.

— Je vais dormir sur le canapé, répondit-il.

Elle le regarda en silence. Chase avait besoin de s'éloigner. Il sortit un pantalon de pyjama et un tee-shirt de sa valise.

— Je vais me changer dans la salle de bains, annonça-t-il.

— Pourquoi ?

Allait-il vraiment avoir besoin de se justifier ? À en croire son regard interrogateur, il ne pourrait pas y couper.

— Profites-en pour te changer, Maddie.

Elle serra les lèvres.

— J'ai peut-être bu quelques verres de trop, mais je ne suis ni bourrée ni idiote.

Chase trouvait sa première affirmation discutable. Il lui lança un regard éloquent et gagna la salle de bains, dont il referma la porte derrière lui. Il se changea rapidement et remarqua alors la trousse de toilette de Madison ouverte à côté du lavabo.

Dentifrice, brosse à cheveux, un peu de maquillage. Il n'y avait pas grand-chose, mais c'était à elle. Il tendit la main et caressa le manche de la brosse à cheveux. Une image étrange et déplacée surgit alors de nulle part : il imagina les affaires de Madison chez lui, dans la salle de bains de son propre appartement, et la vision lui serra le cœur.

Il avait sérieusement besoin de consulter un psy. Ce ne pourrait jamais être qu'un fantasme, aussi agréable soit-il.

Quand il eut assez traîné, il regagna la chambre. Maddie était toujours assise sur le bord du lit. Elle n'avait pas bougé d'un pouce et regardait la peau d'ours étalée sur le sol.

— Maddie, qu'est-ce que tu fais ? soupira-t-il.

— Ce tapis me file les jetons. Pas toi ?

Il se campa au milieu de la pièce, les bras croisés.

— Je ne le mettrais pas chez moi, c'est sûr.

Elle grimaça.

— Je vais faire des cauchemars. Je vais rêver qu'il ressuscite et qu'il me mâchouille les pieds pendant que je dors. Ce n'était pas la peine de se vernir les ongles pour en arriver là.

Chase ne put s'empêcher de regarder les pieds délicats de la jeune femme. Il en aurait bien mâchouillé un lui aussi.

— Maddie, tu devrais te mettre en pyjama.

Elle se leva et joua avec l'ourlet de sa robe. Quand il l'avait vue un peu plus tôt dans la soirée, il avait trouvé que ce bleu lui allait à ravir.

— Je dors nue, soupira la jeune femme, je n'ai pas apporté de pyjama. Je ne pensais pas en avoir besoin.

Putain.

Il imagina instantanément sa peau satinée, douce et rose se glisser sous les draps. Il avait été tendu comme un arc toute la soirée, et son sexe l'élançait. Il avait envie d'elle d'une manière brutale et primitive. Tout ce qu'il pourrait lui faire...

Et c'était bien pour ça qu'il ne ferait rien. Elle méritait mieux.

Il lui tourna le dos et chercha désespérément une solution.

— Je vais te donner un de mes tee-shirts, il devrait être assez long pour toi.

Il se dirigea vers sa valise. La partie gonflée de son anatomie l'empêchait de se concentrer sur quoi que ce soit d'autre que ce qu'elle réclamait : écarter les jambes de Madison et la prendre. *Inutile d'espérer, mon garçon, couché.* Il attrapa un tee-shirt noir et se retourna.

Maddie était juste derrière lui.

— Je suis désolée.

— Pourquoi ? Quelques verres de trop ? demanda Chase en dépliant le tee-shirt. Lève les bras.

Elle obéit.

— Je suis désolée pour tout.

Sa voix lui parvint étouffée par le tissu et il ne put s'empêcher de sourire.

— Tu dois trouver ça affreux, ajouta-t-elle en sortant la tête par l'encolure.

— Qu'est-ce que je dois trouver affreux ?

Il tira sur le tee-shirt qui était heureusement aussi long que la robe. Il glissa ses mains dessous et chercha à tâtons la fermeture éclair dans le dos. Ses bras caressèrent ses seins bien malgré lui et il se rapprocha sans s'en rendre compte.

— D'être coincé avec moi, expliqua-t-elle en levant la tête pour le regarder dans les yeux.

— Je ne suis pas coincé avec toi, répondit-il, perplexe.

Elle resta silencieuse.

Il finit par trouver la fermeture et la fit glisser. La robe tomba autour des pieds de la jeune femme et les mains de Chase se retrouvèrent sur sa peau nue et satinée, exactement comme dans ses souvenirs.

Il fallait absolument qu'il la lâche et qu'il recule mais elle fit un pas en avant et posa les mains sur la taille du jeune homme. Il sentit ses cuisses nues contre les siennes. Elle nicha alors la joue contre sa poitrine et soupira.

— Tu m'as manqué, murmura-t-elle.

Sa remarque lui fit mal.

— On se voit tous les jours, comment est-ce que je peux te manquer ?

— Je sais, répondit-elle avec un petit soupir. Mais ce n'est pas pareil. On n'est plus pareils. Et tu me manques.

Elle avait évidemment raison. Depuis cette fameuse nuit, plus rien n'avait été pareil entre eux. Il ne bougea pas, partagé entre la nécessité de mettre de la distance entre eux et l'envie de la tenir dans ses bras. Combien de fois l'avait-il tenue ainsi quand elle était plus jeune ?

Le vide qu'il avait l'habitude d'ignorer dans sa poitrine sembla soudain se réchauffer. Quand il était enfant, ses frères et lui ne supportaient pas de rester chez eux, dans un foyer rendu glacial par les rêves de bonheur brisés de leur mère et l'absence de leur père. La présence de Mitch et de Maddie avait rendu la solitude plus supportable.

Surtout Maddie. Elle s'était enracinée dans son cœur. Même quand ils ne se parlaient pas vraiment, elle hantait toujours ses pensées, comme un fantôme.

Il ferma les yeux et posa le menton sur le sommet de son crâne.

— Tu… tu m'as manqué aussi.

Elle leva la tête et lui sourit rêveusement. Il y avait tant de confiance dans ses beaux yeux qu'il était certain qu'elle accepterait n'importe quoi de sa part. Il mourait d'envie de lui faire l'amour, là, maintenant.

Avec plus de sang-froid qu'il n'en croyait posséder, il la guida vers le lit en forme de cœur, ouvrit les couvertures et la fit asseoir gentiment. Étonnamment, elle ne protesta pas mais glissa ses jolies jambes sous la couverture et s'allongea.

— Où est-ce que tu vas dormir ? demanda-t-elle, les paupières lourdes.

Chase se pencha sur elle et la contempla. Il savait exactement combien elle avait de taches de rousseur sur le nez et les pommettes. Douze. Il savait que la petite cicatrice blanche qu'elle avait sous la lèvre inférieure était le souvenir d'un accident de vélo quand elle avait sept ans. Il savait à quel point sa bouche, si mobile, reflétait ses émotions.

Il regarda par-dessus son épaule. Le canapé était long et étroit, et certainement aussi confortable qu'un tapis de fakir.

— Chase ? murmura la jeune femme.

Avec un sourire contraint, il balaya une mèche de cheveux derrière l'oreille de Madison, et sans qu'il le veuille, il laissa sa main sur sa joue. Elle se tourna légèrement pour s'appuyer contre sa paume et soupira doucement.

—Le canapé crie mon nom, fit-il remarquer.

—Il y a de la place pour deux dans ce lit, décréta-t-elle en se tournant sur le côté pour lui faire face. Et je ne mords pas.

Il espérait bien que si, et c'était là tout le problème.

—Ne t'inquiète pas pour moi.

Elle s'endormit avant même qu'il ait eu le temps d'ajouter quoi que ce soit, ce qui était sans doute une bonne chose ; si elle lui avait de nouveau proposé de la rejoindre, il n'était pas certain qu'il aurait pu refuser une deuxième fois.

Chase déposa un léger baiser sur la joue de la jeune femme avant de se lever. Il éteignit la lumière, s'étendit sur le canapé et s'étira pour se mettre le plus à l'aise possible. La douleur familière qui lui pinçait le cœur était de retour, et cette fois-ci, ce n'était pas parce qu'il ne la tenait pas assez souvent dans ses bras.

Mais parce que Madison n'était pas assez présente dans sa vie.

Chapitre 5

Madison, qui traînait les pieds derrière sa mère en grimaçant sous ses lunettes de soleil, attendait que les quatre cachets d'aspirine aient raison de sa migraine. Elle aurait aimé faire le tour des vignobles, mais c'était sans compter sur le batteur psychotique qui avait élu domicile dans sa boîte crânienne.

Elle avait vraiment trop bu la veille. Dire qu'elle avait dansé sur un banc et qu'un Chase étonnamment raisonnable avait dû la raccompagner au chalet ! Honteuse et en colère après elle-même, elle avait choisi de s'entasser avec le reste de sa famille sur les sièges disposés à l'arrière d'une bétaillère qui les mènerait aux quatre coins du vignoble.

Bobby ? Ou était-ce Robby ? Quel que soit son nom, il était, Dieu merci, dans l'autre voiture. Elle ne pouvait même pas regarder dans sa direction sans avoir envie de se cacher sous le foin qui jonchait le fond du véhicule.

Chaque soubresaut se répercutait directement dans le crâne de Madison. Mâchoires serrées, elle agrippait le siège, tandis que la camionnette brinquebalait le long de l'étroit sentier.

Sa mère grimaça sous le large bord de son chapeau de paille.

— Tu n'as pas l'air dans ton assiette, fit-elle remarquer.

Avant même qu'elle ait pu répondre, Chad intervint en souriant malicieusement.

— Elle a bu une vingtaine de verres de vin, hier soir.

— Madison ! la gronda sa mère, sourcils froncés.

La jeune femme leva les yeux au ciel.

— Je n'ai pas bu vingt verres.

— Combien, alors ? demanda son père en caressant sa courte barbe.

— Je ne sais pas, dit-elle en jetant un coup d'œil en direction de Chase, qui n'avait pas pipé mot. Quatre, peut-être ?

Sa mère émit un son désapprobateur, mais Lissa se mit à rire et Mitch sourit en secouant la tête.

— Espèce d'alcoolo ! lança-t-il.

Madison lui tira la langue et se retourna. Les vignobles et les collines s'étendaient à perte de vue sous un soleil radieux et un ciel sans nuage.

Heureusement pour elle, la conversation dévia vers le mariage. Le vendredi soir serait consacré à la répétition, les enterrements de vie de garçon et de jeune fille ayant eu lieu la semaine précédente. Il fallait aussi plier une tonne de programmes, et Madison proposa de le faire avant le dîner.

— Merci ! s'exclama Lissa avec reconnaissance. Tu vas avoir besoin d'aide. Il y a un nombre impressionnant de programmes, sans compter les porte-cartes. Je suis certaine qu'une demoiselle d'honneur ne demandera pas mieux que de te donner un coup de main.

Étant elle-même demoiselle d'honneur, Madison savait que ce genre de tâches lui incombait et elle avait vraiment envie de l'accomplir. Les autres filles avaient déjà fait plus que leur part et avaient toujours répondu présentes quand Madison avait eu besoin d'elles.

— Je peux le faire toute seule, ne t'inquiète pas. Laisse-les se reposer un peu.

Lissa ne répondit pas mais jeta un coup d'œil à Mitch.

Madison lâcha son siège et défroissa sa jupe en jean. En face d'elle se tenait Chase. Même s'il ne lui avait pas adressé deux mots depuis qu'elle avait rampé hors du lit, il ne l'avait pas quittée des yeux une seule seconde.

Dire qu'il l'avait aidée à se déshabiller et qu'elle lui avait avoué qu'elle dormait nue ! Encore un pas sur le chemin de l'humiliation. Elle jura de ne plus jamais boire de vin et lui lança un coup d'œil à la dérobée.

Leurs regards se croisèrent au moment où le véhicule s'immobilisait devant un grand bâtiment en pierre. Tout le monde se précipita pour descendre. Mitch et Lissa ouvrirent la marche, enlacés, suivis par les parents de Madison, main dans la main. Chase avait raison, ils avaient fait de ce week-end la lune de miel qu'ils n'avaient pas eue après leur propre mariage et Madison était ravie de les voir si heureux et si amoureux.

— Tiens.

Une voix profonde interrompit sa rêverie.

Madison leva les yeux, surprise de voir Chase à ses côtés, une bouteille d'eau à la main. Elle la saisit, un sourire hésitant aux lèvres.

— Merci.

Il haussa les épaules.

— J'ai vu des gueules de bois bien pires que la tienne, mais l'eau, ça aide toujours.

Il sait de quoi il parle, se dit-elle en ôtant le bouchon et en buvant. Non seulement, il possédait trois boîtes de nuit où l'alcool coulait à flots, mais en plus il avait toujours été du genre fêtard. Sans parler de sa mère. Chase et ses frères avaient certainement appris dès leur plus jeune âge comment remédier à une gueule de bois. Elle avait toujours trouvé étrange que Chase choisisse de faire fortune dans ce domaine-là, mais elle supposait qu'il était résolu à ne pas faire mentir le proverbe « Tel père, tel fils ». Son père avait possédé des dizaines de bars et de boîtes, et il paraissait normal qu'un de ses fils prenne le relais.

Cependant, Chase ne ressemblait pas à son père. Il n'était ni calculateur ni égoïste. Un frisson parcourut Madison au souvenir de ses rares visites chez les Gamble. Elle s'y était rendue une fois enfant et une deuxième quand elle avait dix-sept ans. La maison lui avait toujours paru désolée et glaciale. La mère de Chase n'était qu'une enveloppe vide, qui survivait grâce à l'alcool et aux médicaments. Cette femme avait aimé son mari à en mourir – littéralement – et leur père n'avait jamais semblé s'en soucier.

Cachée par ses lunettes de soleil, Madison jeta un coup d'œil discret vers Chase. Il avait hérité des traits de son père, mais malgré les boîtes de nuit, les conquêtes et la fortune, il n'avait rien à voir avec celui-ci.

Il ne pouvait cependant pas s'empêcher d'agir comme lui.

Quand Chase la regarda, elle détourna les yeux. Pourquoi diable songeait-elle à ce genre de chose ? Tout ça n'avait aucune espèce d'importance. Si elle n'y prenait pas garde, elle allait finir par trébucher sur les marches étroites de l'escalier qui menait à la cave, remplie de milliers de bouteilles de vin, rangées du sol au plafond, dans laquelle les conduisait le guide.

Chase n'était pas le même aujourd'hui, tandis qu'il blaguait avec ses frères et Mitch. Il avait les épaules raides, et elle espéra que ce n'était pas à cause du canapé inconfortable.

Il faisait nettement plus frais dans la cave et la jeune femme se frotta les bras pour se réchauffer. Comme le stockage du vin ne l'intéressait pas vraiment, elle s'éloigna du groupe et se perdit dans le dédale de bouteilles.

Les allées étaient très étroites : heureusement qu'elle n'était pas claustrophobe.

Ses tongs claquant contre le ciment, elle se déplaça en tentant de déchiffrer les noms sur les bouteilles. La plupart étaient imprononçables et de toute façon, elle s'était jurée de ne plus jamais toucher à une goutte de vin.

Les voix des invités s'éloignèrent alors qu'elle laissait courir ses doigts sur les bouteilles froides. Elle n'avait pas vraiment l'habitude de boire. La soirée de la veille avait été une exception.

Elle s'immobilisa au bout de l'allée et regarda derrière elle : elle n'entendait plus personne. Perplexe, elle revint sur ses pas, à l'endroit où elle pensait avoir laissé le groupe, mais le couloir était désert.

— Merde, marmonna-t-elle en se précipitant dans l'allée principale.

Ce n'était pas possible. Ils n'avaient pas pu l'abandonner. La main serrée sur sa bouteille d'eau, elle déboula au coin de l'allée, percuta une poitrine musclée et manqua de tomber à la renverse.

Chase la rattrapa juste avant que ses fesses n'entrent en collision avec le sol.

— Ouh la ! Tu vas bien ?

Elle acquiesça en clignant des yeux.

— Je ne savais pas que tu étais là, répondit-elle.

Elle recula en ignorant l'emballement de son rythme cardiaque. Sa réaction était ridicule.

— Qu'est-ce que tu fais là ? reprit-elle.

Il pencha la tête sur le côté.

— Le groupe fait une pause pour déjeuner.

— Ah ?

Comme elle n'était plus cahotée par l'horrible véhicule qui les avait menés jusque-là, son estomac se réveilla.

— C'est un pique-nique dans les vignes, expliqua-t-il avec un demi-sourire.

Voilà qui était romantique et tentant à souhait.

— On ferait mieux de se dépêcher alors.

Chase s'effaça pour la laisser passer. Il la suivit en silence et elle pria pour qu'il dise quelque chose. N'importe quoi. De son côté, elle ne savait pas quoi dire. La gêne qui s'était développée entre eux était vraiment embarrassante. C'était la preuve que des amis ne devaient jamais franchir la ligne invisible. En tout cas, une fois franchie, il ne fallait pas s'arrêter à mi-chemin.

Quand ils atteignirent l'entrée, Chase jura dans sa barbe.

— Mais où est-ce qu'ils sont passés ?

Un sentiment affreux s'empara de Madison, qui contempla les allées vides autour d'elle. Elle n'entendait rien d'autre que le souffle de Chase et les battements sourds de son propre cœur.

— Tu ne crois pas qu'ils… ?

Elle ne put finir sa phrase, incapable d'accepter la réalité.

— Non.

Il la contourna et monta les marches quatre à quatre. Il jura de nouveau et frappa sur la porte. Madison cilla.

Elle le rejoignit en haut des marches. Chase avait mis les mains sur ses hanches.

— S'il te plaît, ne dis pas ce que je pense que tu vas dire, supplia-t-elle.

— On est enfermés, répondit Chase, incrédule.

— Tu plaisantes ?

Elle agita la poignée à son tour. Sans succès. Elle avait envie de se frapper la tête contre la porte, mais comme sa migraine avait fini par disparaître, elle se dit que ce n'était pas l'idée du siècle.

— Ils nous ont abandonnés, constata-t-elle.

Chase s'adossa aux froids piliers de ciment et ferma les yeux.

— Ils reviendront quand ils s'apercevront qu'on n'est plus là. On ne va pas attendre longtemps.

Elle l'espérait vraiment parce qu'elle était déjà frigorifiée. Cependant, comme cinq minutes, puis dix, s'écoulèrent, il devint évident que personne ne se mettrait à leur recherche avant un certain temps.

Madison se laissa tomber sur une marche en se frottant de nouveau les bras pour se réchauffer.

— Je suis vexée que personne ne se soit rendu compte de notre absence, dit-elle.

Il se mit à rire et s'assit sur la marche supérieure à la sienne, les bras sur les genoux. Son visage était presque au niveau de celui de Madison, qui n'avait plus besoin de lever la tête pour lui parler.

— Notre amour-propre en prend un coup, hein ? répondit-il.

— Je parie qu'ils se régalent en plus. Ils mangent des sandwichs et boivent de la limonade en pensant que le groupe a l'air différent, mais ce n'est pas grave tant qu'ils ont des œufs durs.

Le rire profond et un peu rauque de Chase la réchauffa.

— Tout ça me rappelle quelque chose.

Elle ne comprit pas tout de suite à quoi il faisait allusion. Elle ôta ses lunettes de soleil et les plaça à côté de sa bouteille d'eau sur le rebord. C'est alors qu'elle se souvint.

Oh, pour l'amour du ciel.

— Tu avais sept ans, dit-il d'un ton amusé.

Elle inclina la tête, mortifiée. Chase avait une mémoire extraordinairement sélective : il se souvenait avec clarté de tous les événements honteux de sa vie.

— Mitch et moi avions décidé d'aller jouer au basket au parc. Tu voulais venir avec nous mais Mitch s'y était opposé, ajouta-t-il en riant de plus belle. Tu avais décidé de te venger.

— On ne peut pas parler d'autre chose ?

— Tu t'étais enfermée dans le coffre de la cabane, poursuivit-il comme si elle n'avait rien dit. Qu'est-ce que tu espérais obtenir en faisant ça ?

— J'espérais que vous reviendriez parce que je vous aurais manqué, rétorqua-t-elle, les joues en feu. Vous auriez été mal à l'aise parce que vous m'aviez laissée à l'écart. Je sais, ce n'était pas le plan le plus efficace du siècle, mais j'étais une enfant.

Chase secoua la tête, et une mèche de cheveux sombres retomba sur son front.

— Tu aurais pu te tuer.

— Sauf que ce n'est pas arrivé.

— On a cru que tu étais allée jouer chez les voisins, ajouta-t-il, les sourcils froncés. Tu as dû rester dans ce coffre pendant des heures.

Effectivement. Heureusement qu'il avait un gros trou sur le côté. Quelque chose avait mal fonctionné quand elle avait refermé le couvercle et il s'était verrouillé sur elle. Il lui avait été impossible d'atteindre la serrure de l'extérieur en passant par le trou, malgré ses bras d'enfant. Elle était restée enfermée jusqu'à la nuit, avec l'impression que des araignées lui couraient sur le corps. Elle avait pleuré pendant des heures et avait fini par s'endormir, persuadée qu'elle allait mourir seule dans ce coffre.

—Quand ton père a découvert que tu n'étais pas chez les voisins et que personne ne t'avait vue depuis qu'on était partis au parc, il est entré dans une rage noire. J'ai cru qu'il allait nous enfermer dans un abri antiatomique.

Madison se mit à rire en imaginant la colère de son père. Si elle avait pu passer autant de temps avec Mitch et les frères Gamble quand elle était gamine, c'était notamment parce que ses parents avaient inculqué la crainte de Dieu aux garçons. Si Madison voulait jouer avec eux, ils devaient la laisser faire et se plier à toutes ses volontés.

Dommage que ça ne marche plus comme ça à présent.

—Tu as fini par me trouver, conclut-elle, les yeux fermés.

—Oui.

—Comment ?

Elle n'avait jamais compris de quelle manière il s'y était pris.

Chase resta silencieux si longtemps qu'elle pensa qu'il avait oublié.

— On t'a cherchée partout. Tous ensemble. Ils avaient pensé à la cabane, mais j'y suis revenu, je ne sais pas pourquoi. J'ai vu ce putain de coffre, sur lequel on avait l'habitude de s'asseoir et j'ai regardé par le trou. J'ai vu ta veste rouge et j'ai failli faire une crise cardiaque. Je t'ai appelée et tu n'as pas répondu. J'ai cru que tu étais morte, ajouta-t-il après un silence. J'ai dû utiliser le vieux marteau pourri pour te sortir de là. Tu m'as fichu une sacrée trouille, se rappela-t-il dans un profond soupir.

Elle se mordit la lèvre en se souvenant qu'il l'avait soulevée et transportée à la maison.

— Désolée. Je ne voulais pas vous faire peur.

— Je sais. Tu n'étais qu'une enfant.

Il y eut un silence.

— Je suis aussi désolée pour hier soir, dit Madison.

Il haussa les épaules.

— Non, vraiment, insista-t-elle. J'étais bien partie et je me souviens vaguement m'être frappé le visage.

De petites rides apparurent au coin de ses lèvres quand il se mit à rire.

— En effet.

— J'ai honte, marmonna-t-elle. Je suis désolée que tu aies dû t'occuper de moi.

— Ne le sois pas. Je me suis bien amusé.

— « Amusé » ?

Il acquiesça.

— Tu as chanté les louanges de la lune et tu as expliqué plein de trucs aux enfants de Mitch et de Lissa.

Madison sourit.

Chase inspira profondément avant de demander :

— Alors, tu dors vraiment nue ?

Oh non.

— Tout le temps ? se renseigna-t-il encore, curieux.

— Oui, tout le temps, soupira-t-elle.

— Chouette !

Elle jeta un coup d'œil par-dessus son épaule et il lui fit un clin d'œil. Comme il n'ajouta rien, elle se creusa la tête pour trouver un sujet de conversation.

— Les affaires vont bien ?

— Oui, dit-il en croisant ses bras musclés. Je pense ouvrir une quatrième boîte en Virginie.

— Vraiment ? Ça fait beaucoup de boulot, non ?

— Je ne sais pas. Rien n'est fait, mais c'est en bonne voie. Les boîtes de mon père sont bien gérées. Je n'envisage pas de mettre mon nez dans ce qu'il a mis en place. Je préfère avoir mes propres établissements. Ça a plus de valeur comme ça, je n'ai pas l'impression qu'on m'a fait un cadeau.

Son regard erra jusqu'aux mollets de Madison, que cette dernière frottait, et elle s'arrêta en rougissant.

Chase s'éclaircit la gorge.

— Mitch m'a dit que tu avais obtenu de nouveaux fonds pour financer le département des bénévoles.

Au début de l'année, l'Institut avait dû faire face, comme tant d'autres, à des coupes budgétaires, et le département des bénévoles avait été le premier concerné. Il lui avait fallu des mois, un investissement incroyable et quelques larmes, pour finir par décrocher un financement leur permettant de continuer à fonctionner comme avant.

Madison hocha la tête.

Elle lut de la fierté dans le regard de Chase et cela l'emplit d'une douce chaleur.

— C'est super, dit-il.

Madison n'aimait pas les compliments. Elle rougit et détourna le regard.

— J'ai beaucoup travaillé pour ça, mais ça m'a plu, répondit-elle.

— C'est bien de te voir faire un boulot que tu aimes.

Elle leva le menton vers lui. Elle se demanda ce qu'il voulait dire par là ; sans doute exactement ce qu'il avait dit.

— Je te retourne le compliment.

Chase acquiesça et inspira bruyamment. Madison se raidit : elle reconnaissait ce son, et savait qu'il allait dire quelque chose qui n'allait pas lui plaire.

— À propos de ce qu'il s'est passé hier…, reprit-il en serrant les dents, je n'aurais pas dû partir comme ça.

Abasourdie, elle le dévisagea pendant un moment avant de pouvoir répondre.

— Effectivement, tu n'aurais pas dû.

— Il s'est bien produit quelque chose, poursuivit-il, et j'ai eu tort de prétendre le contraire.

Elle se demanda si c'était la fin du monde dehors. Peut-être que des comètes tombaient du ciel, que les pôles s'étaient déplacés et que les icebergs fondaient. Ses parents seraient ravis.

Une vive rougeur se répandit sur les pommettes de Chase.

— Je suis désolé, je n'aurais pas dû…, poursuivit-il.

— Arrête ! s'exclama-t-elle en bondissant sur ses pieds.

Ils étaient l'un près de l'autre dans cet espace confiné, et la colère de Madison se dressait entre eux comme une troisième personne.

— Je t'interdis de dire que tu n'aurais pas dû m'embrasser.

Il écarquilla les yeux puis la regarda fixement.

— Maddie…

— Et arrête de m'appeler comme ça ! s'exclama-t-elle en serrant les poings. J'ai parfaitement compris que tu ne me trouvais pas à ton goût.

— Quoi ? Attends, tempéra-t-il en levant les mains. Ce n'est pas ça du tout !

— Bien sûr que si, rétorqua-t-elle, vexée. Quand on trouve quelqu'un attirant, on l'embrasse sans donner l'impression d'avoir roulé une pelle à Hitler !

Les lèvres de Chase frémirent comme s'il essayait de ne pas sourire et il se leva à son tour.

— *Primo*, je n'ai pas fait ça. *Secundo*, je ne veux plus jamais entendre les mots « embrasser » et « Hitler » dans la même phrase, parce que maintenant je t'imagine avec une petite moustache.

— Tais-toi.

— Et permets-moi de te dire que ce n'est pas sexy, mais alors, pas sexy du tout.

Il plaisantait : elle était rouge comme une pivoine et ne savait comment l'arrêter.

— Laisse tomber.

De la colère se mit à brûler dans les yeux bleus de Chase, qui s'assombrirent, toute malice envolée.

— Parler de ce baiser et essayer d'arranger les choses était manifestement une erreur, dit-il.

— Comme m'embrasser.

— Exactement, rétorqua-t-il.

Madison vacilla et elle crut déceler du regret dans les yeux de Chase, mais il détourna le regard. Tout se mélangea en un instant, des années de confusion et de regret formant en elle une amère boule d'émotions. Elle leva le menton.

— Est-ce que tu appelles tes petites amies après les avoir pelotées, pour t'excuser de ton comportement d'ivrogne ?

Il serra les dents.

Imperturbable, elle se rapprocha de lui.

— Je parie que non. Elles ont probablement droit à un coup de fil sans la partie excuses et à des fleurs, elles, au lieu d'être mises au rebut.

— Tu n'es pas mise au rebut, répondit-il, furieux.

— Il faut croire que je ne suis juste pas assez bien pour toi, alors… Mais ne te fais pas de souci : demain on aura nos propres chambres et il sera inutile de s'excuser en permanence.

Elle tourna les talons et descendit l'escalier. Il fallait qu'elle trouve un coffre pour se cacher parce que les larmes lui brûlaient les paupières et qu'elle avait parfaitement conscience de lui jouer une pitoyable caricature de scène de ménage.

Elle était en train de se ridiculiser une fois de plus.

Madison eut à peine le temps de descendre d'une marche avant que Chase ne l'attrape par le bras et ne la fasse pivoter. Il était très en colère.

— Tu n'as rien compris !

Elle essaya de se dégager mais il tint bon.

— Compris quoi ?

— Tu crois vraiment que tu n'es pas assez bien pour moi et que je ne te trouve pas attirante ?

— Je pense que les faits parlent d'eux-mêmes.

Un instant, elle se tenait sur l'escalier, l'instant suivant, elle était adossée au mur, le corps de Chase tout contre le sien.

— Dis-moi, demanda-t-il d'une voix rauque, est-ce que j'ai l'air de ne pas te trouver désirable ?

Oh. D'accord, il était vraiment attiré par elle. Elle en eut le souffle coupé et la bouche sèche. Toutes les parties de l'anatomie de Chase se pressaient contre elle et elle sentait parfaitement son érection, longue et épaisse, qui se dressait contre son ventre. Madison eut l'impression de recevoir une décharge électrique.

— Je crois qu'il me fallait un dessin, répondit-elle. Un très gros dessin.

En temps normal, Chase aurait ri de la plaisanterie mais pas maintenant. Il avait beau paraître furieux, elle n'avait pas peur de lui. Elle n'aurait jamais peur de lui.

Elle essaya de déglutir et de respirer, mais son regard rencontra celui de Chase, douloureusement intense. Elle se sentit aspirée, balayée.

Peut-être qu'elle n'avait rien compris.

Chase lui caressa le bras d'une main chaude et remonta jusqu'à la bretelle de son débardeur. Ses doigts laissèrent derrière eux un sillage de frissons et quand il les glissa sous le minuscule bout de tissu, elle aurait chancelé s'il ne l'avait pas maintenue contre le mur de son corps puissant.

Il pencha la tête et posa sa bouche juste sous son oreille. Il la mordilla légèrement et elle sentit une vague de chaleur se répandre dans ses veines.

Ses lèvres se déplacèrent plus bas après avoir déposé leur empreinte brûlante.

— Tu me rends fou. Tu me rends complètement dingue, tu le sais ça ? Je parie que oui.

Madison fit taire la voix qui hurlait dans sa tête en agitant une centaine d'alarmes, agrippa les épaules de Chase et leva la tête, exposant tout ce qu'il voulait prendre.

Et il voulait tout.

Ses lèvres refirent le chemin en sens inverse et s'arrêtèrent au-dessus de celles de Madison. La jeune femme avait le souffle court. Il posa la main sur l'une de ses hanches et la maintint fermement contre lui.

Ils se regardèrent.

— On ne devrait pas faire ça, gronda-t-il.

Et il l'embrassa profondément. Il rompit le baiser et lui mordilla la lèvre inférieure.

— Et pas parce que je ne te trouve pas désirable.

Il donna un coup de bassin, comme s'il voulait la pénétrer.

— Ni parce que je pense que tu n'es pas assez bien pour moi. Tu es trop bien, Maddie, sacrément trop bien, et c'est tout le problème.

Madison ne savait pas ce qu'il entendait par là. Il glissa une cuisse puissante entre ses jambes et elle poussa un petit cri quand le tissu rencontra sa peau nue. Comprendre ce qu'il disait était devenu le cadet de ses soucis, loin derrière son désir pour cet homme et l'explosion des sentiments qu'elle nourrissait à son égard depuis des années.

Chase gémit en se pressant plus étroitement contre elle.

— Il va vraiment falloir faire quelque chose au sujet de cette manie de se balader sans culotte, Maddie. Je ne plaisante pas.

Elle ferma les yeux et se cambra en ondulant des hanches. Le frottement de sa cuisse et son propre désir l'enflammèrent tout entière.

— Faire quoi ? demanda-t-elle d'une voix essoufflée qu'elle ne reconnut pas.

Il attrapa ses hanches et la fit coulisser plus intimement sur sa cuisse. Elle sentait sa fièvre à travers le fin tissu de son tee-shirt.

— C'est de la folie, dit-il.

Ce n'était pas vraiment une réponse. Mais elle s'en fichait.

Il avait le regard brûlant et il l'embrassa si profondément qu'elle eut l'impression qu'il voulait atteindre son essence.

Elle mit les bras autour de son cou et enfonça les doigts dans ses cheveux. Ils bougeaient à l'unisson et tout ce qu'elle espérait, tout ce qu'elle voulait, c'était qu'il ne s'arrête pas. Qu'il ne s'arrête jamais.

Elle voulait qu'il lui prouve que ce que lui dictait son corps avait plus d'importance que ses mots.

Un rebut ? Ces mots bourdonnaient dans ses oreilles. Son père avait abandonné sa mère comme ça. Il l'avait laissée pourrir dans leur maison hors de prix, entourée de bijoux, de fourrures et de garçons de piscine. Il lui avait donné tout ce qu'une femme pouvait souhaiter mais il l'avait privée de ce dont elle avait besoin : l'amour et la fidélité de son mari. Maddie ne serait jamais un rebut.

Chase inspira bruyamment, une seconde avant qu'elle ne scelle les lèvres aux siennes. C'était de la folie, mais son sang-froid s'était évaporé quelque part entre ses accusations et la manifestation de sa colère.

Il ne pouvait pas s'arrêter maintenant, il ne le voulait pas, pas quand elle était à la fois si tendre et si fougueuse. Quand Madison agita les hanches et se mit à gémir, son sexe durcit encore plus.

Il fit remonter sa main vers ses seins, sentit son téton se durcir et toutes ses velléités de gentleman s'évaporèrent dans la cave avec son bon sens.

Chase sentait son corps trembler sous ses baisers. Même s'il était dur comme du granit, il fallait qu'il se contrôle. Pourrait-il vraiment faire sienne cette femme ? Elle était tellement mieux que lui, et elle ne s'en rendait même pas compte.

Mais il avait l'impression que ses mains avaient échappé à son contrôle. Ses doigts écartèrent les bretelles de son débardeur et les firent glisser sur ses bras, exposant à l'air froid et à son regard affamé deux seins parfaits.

— Que tu es belle !

Il prit un sein dans une main et se perdit un peu plus dans sa douceur comme son pouce caressait un téton durci.

— Tu es parfaite.

Elle nia dans un souffle et cela lui brisa le cœur. Il fit courir sa main le long de son ventre, au-delà de la courbe de ses hanches.

Elle se cambra un peu plus, et sa jupe remonta davantage sur ses cuisses.

— S'il te plaît, Chase, s'il te plaît…

Comment lui refuser quoi que ce soit ?

Il baissa la tête sur une des pointes roses, la lécha puis la prit en bouche. Il ne pouvait pas résister à l'attrait de sa peau. Elle avait un goût renversant.

La main de Chase remonta sous sa jupe, de la rondeur ferme de ses fesses à la moiteur de son sexe. Il passa un doigt sur son clitoris et eut l'impression de caresser du satin. Il était complètement perdu, captif, envoûté. Ce n'était pas censé être nouveau pour lui, et pourtant…

Elle était douce et consentante. Tout simplement parfaite.

Il la voulait tout entière.

Un bruit de pas de l'autre côté de la porte brisa le charme aussi sûrement que si Chase avait été frappé par un missile nucléaire.

Il recula d'un bond et rattrapa Maddie avant qu'elle ne tombe à la renverse dans l'escalier. Elle le regarda, à la fois égarée et en demande, et il n'eut qu'une envie : verrouiller la porte et finir ce qu'ils avaient commencé.

De manière miraculeuse, il parvint à rajuster les vêtements de la jeune femme juste avant que la porte ne s'ouvre à la volée. Il tourna alors le dos à l'entrée, se servant de son corps comme d'un bouclier pour permettre à Madison de reprendre un semblant de contenance.

Le guide fit son apparition, une clé à la main. Derrière lui, Chandler haussa un sourcil entendu. *Super.*

— Ah, dit Chandler, te voilà. Je suppose que la silhouette cachée derrière toi est Madison. On vous a cherchés partout.

— Pour ta gouverne, on n'a pas bougé d'ici, vu que vous nous avez enfermés en sortant, répondit Chase en jetant un coup d'œil à Madison par-dessus son épaule.

Cette dernière avait les yeux écarquillés et le visage rouge pivoine. Chase se redressa et affronta le regard moqueur de son frère.

— Il vous en a fallu du temps, reprit-il.

Chandler ricana.

— C'est marrant, j'ai l'impression au contraire qu'on n'a pas mis assez longtemps.

Chase choisit d'ignorer le sous-entendu. Il était bien plus préoccupé par la suite des événements : comment diable allait-il pouvoir se tenir éloigné de Maddie ?

Chapitre 6

Que s'était-il passé ? Madison se sentait perdue. Ils s'étaient disputés comme des chiffonniers avant de s'embrasser. Enfin, pas que. Ça avait été tellement torride entre eux qu'elle avait été sur le point d'avoir un orgasme.

Et puis ils avaient été interrompus par le frère de Chase. Bonjour la honte.

Elle était toujours dans un état second quand ils parvinrent à la colline où avait lieu le pique-nique. Chase avait opté pour un silence stoïque alors que son frère ne se départait pas de son sourire en coin. Quant à Madison, elle ne savait pas quelle attitude adopter.

Elle avait l'impression d'être un zombie bipolaire. Rectificatif: un zombie bipolaire en rut.

Sa mère se précipita vers elle et la serra dans ses bras à l'étouffer, manquant de l'éborgner avec son chapeau.

— On était fous d'inquiétude, ma chérie ! J'ai cru que tu étais tombée du camion.

— Je vais bien, j'étais juste enfermée dans la cave, la rassura Madison en lui rendant son étreinte.

— Oh, quelle horreur !

— En fait, en cas d'attaque nucléaire, la cave est un excellent abri, intervint son père, sourcils froncés.

— Arrête, papa, grommela Madison.

Mitch, qui était assis à côté de Lissa, lui sourit.

— Bah, tu avais Chase pour te tenir compagnie. Ça aurait pu être pire, puisque vous ne vous êtes pas entre-tués.

Madison se figea.

Chandler lui lança un regard en biais en passant et lui fit un clin d'œil.

— Du coup, je me demande ce qu'ils ont bien pu faire…

Madison baissa la tête pour dissimuler ses joues brûlantes derrière ses cheveux, haussa les épaules, s'installa sur une couverture et s'affaira avec ce qui restait de nourriture. Entourée par sa famille et ses amis, elle ne risquait pas de réfléchir à ce qui venait de se produire, mais elle ne pouvait pas s'empêcher de regarder régulièrement dans la direction de Chase pour voir ce qu'il faisait.

Il s'était assis avec ses frères, ses longues jambes étendues devant lui et il souriait comme si tout allait pour le mieux dans le meilleur des mondes.

Madison trouvait ça plutôt bon signe. Pas d'humeur maussade ni d'excuses en vue. Son cœur fit un saut périlleux. S'il ne comptait pas s'excuser, qu'est-ce que cela signifiait ? Qu'il ne regrettait rien ? Qu'ils pouvaient vivre une histoire ensemble ? Qu'elle se faisait un film ? Elle était amoureuse de lui depuis si longtemps que c'était plutôt difficile de faire autrement.

Elle avait l'impression d'avoir treize ans de nouveau.

— Vie de merde, marmonna-t-elle.

— Tu as dit quelque chose ma chérie ? demanda sa mère.

— Non, non, rien.

Une fois le pique-nique achevé, la compagnie se remit en route. Heureusement, cette fois-ci, personne ne l'oublia. *Peut-être ne devrais-je pas m'en réjouir*, se dit-elle en regardant Chase à la dérobée pour la centième fois.

Quand le petit groupe se sépara pour regagner les chalets et se reposer avant le dîner habillé, Madison rejoignit le bâtiment principal afin de s'occuper des programmes comme prévu. Elle espérait que cette tâche mécanique lui permettrait de reprendre le contrôle de son cerveau. Et, de toute façon, il valait mieux qu'elle ne se rende pas au chalet : se retrouver de nouveau seule avec Chase ne pouvait mener qu'à la catastrophe. Ignorer ce qu'il comptait faire et comment elle devait se comporter avec lui la mettait dans tous ses états. Allaient-ils encore se disputer ? Faire comme si de rien n'était ? Ou reprendre où ils en étaient ?

Je voudrais le menu numéro trois s'il vous plaît, pensa-t-elle.

Avant que Madison mette un pied sur les marches qui menaient à l'immense véranda, sa mère passa un bras autour de sa taille.

— Tout va bien, ma chérie ?

La jeune femme était dans un tel état qu'elle avait envie de tout avouer. Enfin, presque. Elles étaient suffisamment loin des autres pour que la conversation reste privée, mais elle baissa quand même la voix.

— À vrai dire, je n'en sais rien, maman.

Cette dernière ôta son chapeau et tenta de mettre de l'ordre dans ses fins cheveux sombres, hérissés en tous les sens.

— C'est le mariage qui te contrarie ? Ou ton travail ?

— Non, répondit Madison en riant. Je suis très heureuse pour Mitch et Lissa. Ça n'a rien à voir avec eux. Et au travail, tout va très bien.

— Que se passe-t-il, alors ? demanda sa mère en prenant sa main dans la sienne. Tu n'as pas l'air dans ton assiette depuis que tu es arrivée.

Madison brûlait de se confier à quelqu'un mais que dire à sa mère ? Elle préférait mourir plutôt que de raconter ce qui s'était passé dans la cave.

— Ce n'est rien du tout, répondit-elle en souriant.

C'est à ce moment précis que Chase s'étira et l'estomac de Madison se contracta. Dans la lumière de l'après-midi, il était sublime : sous l'effet du mouvement, son tee-shirt était suffisamment remonté pour dévoiler des abdominaux parfaits. Madison dut se faire violence pour détourner le regard.

Sa mère avait beau dire et faire des choses un peu folles parfois, c'était une fine observatrice.

— Je vois, dit-elle.

— Tu vois quoi ? demanda Madison, perplexe.

Sa mère rit doucement.

— C'est Chase… comme toujours !

Même si elle était choquée par son affirmation, Madison ne savait que répondre. Ce qui s'était passé entre eux, et la façon dont les événements allaient se dérouler, la remplissait de nervosité et d'anxiété.

— Vous jouez au chat et à la souris depuis beaucoup trop longtemps, poursuivit sa mère à mi-voix.

Ils jouaient plutôt au chat et au chat. Madison secoua la tête en signe de dénégation.

— Ma chérie, je sais que tu es amoureuse de ce garçon depuis le jour où tu as arrêté de le considérer uniquement comme un ami de Mitch. Tu avais dix ans. (Mme Daniels jeta un coup d'œil en direction de Chase et pencha la tête.) Mais il a toujours pensé qu'il était le portrait craché de son père. Ce pauvre garçon ignore qu'il n'a rien à voir avec ce connard patenté.

— Maman ! la reprit Madison.

— Quoi ? rétorqua sa mère en riant. Cet homme a été un mauvais père et un mari épouvantable. Tout ce dont ce garçon a besoin, c'est d'une femme qui lui prouve qu'il mérite d'être aimé.

Madison ouvrit la bouche pour changer de sujet mais son cerveau la court-circuita.

— Il ne se verra jamais autrement que comme le double de son père et il ne me verra jamais autrement que comme la petite sœur de Mitch.

— Détrompe-toi, ma fille, il ne te voit plus comme la petite sœur de Mitch. Il ne l'a pas encore compris, voilà tout.

Les paroles de sa mère préoccupèrent Madison bien après qu'elle se fut installée dans une petite pièce à l'arrière du grand chalet. Elle était assise sur le sol, en tailleur, deux énormes cartons devant elle. L'un contenait les programmes à plier, l'autre les marque-places à assembler.

Elle aurait dû demander de l'aide : elle allait y passer la nuit.

Elle frissonna en regardant le trophée de tête de daim empaillée accroché au mur, soupira et commença à plier les programmes en trois.

Il ne l'a pas encore compris, voilà tout.

Cela suffisait-il à le retenir encore après toutes ces années ? Il avait envie d'elle, il l'aimait bien mais n'arrivait pas à l'accepter ? Elle n'en croyait pas un mot. De même qu'elle ne pensait pas que son père y soit pour quoi que ce soit. Pour elle, les choses étaient claires : soit on avait envie de quelqu'un, soit on n'en avait pas envie. Un point c'est tout.

Elle envisagea d'appeler Bridget mais elle savait que son amie protesterait en la traitant d'idiote, ce qu'elle méritait certainement. Coucher avec Chase était la pire idée du monde, mais lorsqu'elle était à côté de lui, elle ne répondait plus de rien.

Elle avait plié dix programmes quand quelqu'un frappa à la porte, qui s'ouvrit sur Chase.

— Salut.

Décontenancée de voir l'objet de ses questions existentielles apparaître sur le pas de la porte, elle le dévisagea en silence, ne pouvant faire autrement que de se souvenir à quel point elle avait aimé être dans ses bras.

— Euh… salut !

Il se passa la main dans les cheveux et la regarda avec intensité.

— Ta mère m'a dit que tu avais besoin d'aide.

Et voilà qu'elle se mêlait encore de leurs affaires.

Madison inspira profondément et imagina mille et une façons de coudre la bouche de sa mère.

— C'est bon, je vais m'en sortir toute seule. Je suis certaine que tu peux employer tes talents ailleurs.

Il haussa un sourcil de manière suggestive et elle rougit en pensant à l'étendue de ses talents. Cet homme la mettait décidément dans tous ses états.

— On dirait vraiment que tu as besoin d'un coup de main, répondit-il en esquissant un geste vers les cartons.

Elle haussa les épaules et se concentra sur le programme qu'elle était en train de plier, tête baissée pour que ses cheveux dissimulent ses joues cramoisies.

Il fit un pas en avant et referma la porte d'un coup d'épaule.

— Au rythme où tu avances, tu seras encore là quand la cérémonie débutera.

— Très drôle…

Il s'assit en face d'elle.

— Chase, reprit-elle, c'est vraiment gentil de ta part, mais rien ne t'oblige à faire ça.

Il haussa les épaules et attrapa un programme. Il fronça les sourcils, perplexe.

— C'est quoi ce bordel ?

Il tourna le papier blanc sur lequel s'étalait le programme calligraphié en rouge et secoua la tête.

— Je n'y comprends rien, ajouta-t-il, l'air perdu.

Madison rit doucement, posa le sien et se pencha vers lui.

— Tu vois les pointillés ?

Il acquiesça et elle lui fit la démonstration avec son programme.

— Il faut les plier en suivant les pointillés, dans un sens puis dans l'autre.

Il fallut quelques essais avant que Chase parvienne à plier parfaitement un programme. Madison regardait s'affairer ses doigts agiles sur son deuxième programme, et elle rougit de nouveau.

Il leva la tête.

— Alors, maintenant que je suis là, tu vas te contenter de me regarder faire ?

Madison cilla et attrapa brusquement un programme.

— Je ne te regardais pas.

— Ben voyons, répondit-il, moqueur.

— Tu es vraiment certain que tu n'as rien de mieux à faire ?

Elle sépara les programmes en deux piles en nourrissant des envies de meurtre à l'égard de sa mère.

— Mieux que te taquiner ? Certainement pas.

Madison essaya en vain de faire abstraction de cette remarque. Elle ne put s'empêcher de sourire et un silence confortable s'installa entre eux.

Il fut soudain rompu par le petit rire de Chase.

— Qu'y a-t-il encore ? demanda Madison.

— C'est bizarre de te voir faire ça. Les travaux manuels, ça n'a jamais été ton truc.

Elle se détendit et stabilisa la pile de programmes pliés, qui était de plus en plus haute.

— Toi non plus.

Chase rit de nouveau.

— Je ne sais pas ce que je fais là, avoua-t-il.

— Tu fais en sorte que le mariage de Mitch et de Lissa se déroule sans accroc.

— Et je t'aide.

Madison sourit.

— Exact. Et je t'en suis vraiment reconnaissante parce que sans toi, j'y aurais probablement passé la nuit.

Elle s'interrompit, posa un programme sur la pile et en piocha un autre dans le carton.

— Mais je suis désolée que ma mère t'ait forcé la main, ajouta-t-elle.

Chase cessa subitement son pliage et leurs regards se rencontrèrent. Dans son jean usé et son tee-shirt noir, c'était le plus bel homme qu'elle ait jamais rencontré, et le temps semblait avoir suspendu son vol à l'occasion de ce moment parfait.

Même avec l'effroyable tête de daim qui la dévisageait par-dessus l'épaule de Chase.

Il se concentra de nouveau sur le programme qu'il avait à la main.

— Ta mère m'a simplement dit que tu étais en train de plier les programmes.

Elle avait l'impression qu'une partie de sa phrase lui échappait. Elle pencha la tête de côté, dans l'expectative.

— Oui, et… ?

— Elle ne m'a pas demandé de venir t'aider, avoua-t-il en rougissant légèrement. J'ai pensé que tu avais peut-être besoin d'aide.

Elle ouvrit la bouche mais aucun son n'en sortit. Il lui donnait un coup de main parce qu'il était gentil ; on était loin de la déclaration d'amour. Et pourtant…

Chase s'éclaircit la voix.

— Et puis, avec tout ce vin partout, il faut bien que quelqu'un te surveille.

Madison éclata de rire.

— Je ne suis pas une alcoolique.

— Exception faite d'hier soir.

— N'importe quoi !

Il haussa un sourcil.

— Tu as dansé debout sur un banc avec un crétin.

Elle secoua la tête en souriant.

— Il s'appelle Bobby.

— Je crois qu'en fait c'est Rob.

— Oh, répondit-elle en se mordant la lèvre. Bonnet blanc et blanc bonnet.

Il se pencha vers elle et tapota gentiment son genou.

— Tu t'es aussi assise en plein milieu de l'allée.

Elle s'en souvenait parfaitement.

— J'étais très fatiguée.

— Et tu as commencé à déblatérer sur la taille de la lune.

Il recula en souriant. Et soudain, Madison eut l'impression d'être projetée cinq ans en arrière et que tout était redevenu normal entre eux.

Son cœur l'élança, mais d'une façon agréable.

— On aurait dit que tu n'avais jamais vu la lune avant et que tu découvrais avec surprise que ce n'était pas un camembert.

Elle lui balança un programme à la figure.

— Je n'ai plus cinq ans, Chase !

Il ramassa le programme.

— C'est juste pour dire à quel point tu étais bourrée.

Elle gloussa et se rendit compte que le carton de programmes était vide. Elle saisit l'autre et attrapa une dizaine de marque-places. Il n'y en avait pas pour plus d'une heure de travail, et cette découverte la remplit de déception.

Madison se souvenait parfaitement de ce qu'elle lui avait dit quand il la tenait dans ses bras la veille, ce qui était bien la preuve qu'elle n'avait pas tant bu que ça.

Elle lui avait avoué qu'il lui manquait. Sa présence et ses taquineries lui manquaient. Avant cette fameuse nuit, ils pouvaient passer des heures et des heures ensemble. C'est pourquoi elle avait longtemps cru qu'ils étaient faits l'un pour l'autre.

Ça lui paraissait idiot et un peu triste à présent, et elle ne voulait donc pas que cet instant s'achève. Et, plus important encore, elle ne voulait pas que Chase disparaisse de nouveau de sa vie.

Chase la regardait glisser les noms dans les marque-places en se demandant ce qui avait provoqué le voile de tristesse fugitive qui avait assombri son visage. Elle souriait de nouveau et lui détaillait un projet de boulot. Il aimait la voir comme ça.

Il pouvait facilement l'imaginer avec un homme, assise à bavarder et sexy en diable. Maddie était toujours à l'aise, elle avait un charme naturel qui attirait les gens. Celui qui lui passerait la bague au doigt serait un sacré veinard.

Difficile d'ignorer le sentiment de malaise qui s'empara de lui à cette idée.

Il balaya ces pensées et lui raconta que son manager, Stefan, avait surpris un couple en pleine action dans la réserve.

— Stefan venait chercher des serviettes propres et il a été servi.

Madison éclata de rire.

— Et ça s'est passé au *Komodo* ? Il faut traverser la zone réservée aux employés pour atteindre la réserve, non ? Comment ont-ils pu y accéder ?

— Une des serveuses avait oublié de fermer à clé. Stefan m'a dit qu'ils se filmaient avec leurs iPhones, dit-il dans un sourire tandis qu'elle s'esclaffait.

— Waouh ! Certains ont d'impressionnantes capacités à combiner plusieurs activités.

— Tu es jalouse ?

Elle leva les yeux au ciel.

— C'est vrai qu'il n'y a rien de plus romantique que de faire l'amour avec un homme qui te regarde à travers une caméra.

Chase imagina soudain Maddie, ondulant nue sous lui, devant une caméra, puis sans caméra.

Ce n'était certes pas romantique, mais diablement excitant. Il éprouva des difficultés à respirer et tira sur le col de son tee-shirt.

— À quoi tu penses ? demanda Madison, perplexe.

— À rien qui puisse t'intéresser, crois-moi.

Elle rougit et revint rapidement à ses marque-places. Il n'aurait pas cru ça possible, mais il bandait de plus en plus. *Et merde.*

Chase étendit ses jambes. Mauvaise idée.

— Et alors, dis-moi…

— Quoi ? demanda Madison en levant la tête.

— Quand est-ce qu'on pliera des programmes pour ton mariage ?

Elle le dévisagea pendant un moment suffisamment long pour qu'il comprenne qu'il n'aurait jamais dû poser cette question. Chase tenta de tourner les choses en dérision mais elle ne lui en laissa pas le temps.

— Je ne sais pas si je me marierai un jour.

Une partie vraiment bizarre de lui en fut ravie et il s'en voulut : elle ne serait jamais sienne et il tenait vraiment à ce qu'elle soit heureuse, ce qu'elle ne serait pas si elle restait seule.

— Bien sûr que si, Maddie.

Des étincelles vertes brillèrent dans ses yeux.

— Ne sois pas condescendant avec moi, Chase.

Il recula, les mains en l'air.

— Je ne suis pas condescendant, je suis réaliste.

Elle attrapa violemment un marque-place et flanqua une carte dedans.

— Tu as une boule de cristal ? Non, c'est bien ce que je pensais.

— Je ne vois pas pourquoi tu t'énerves comme ça, rétorqua-t-il en saisissant le pauvre marque-place avant qu'elle ait eu le temps de l'achever. C'est tout simplement impossible qu'un homme ne tombe pas fou amoureux de toi. Tu auras droit à un grand mariage comme ton frère, une super lune de miel, tu auras deux enfants…

Ces mots lui arrachaient la gorge, et ils avaient l'air de la rendre folle furieuse.

Elle s'agenouilla et commença à ranger les programmes pliés dans le carton.

— Je me marierai quand tu te marieras.

Il éclata de rire, stupéfait.

— Tu racontes n'importe quoi !

Elle lui lança un regard meurtrier tout en rassemblant les marque-places.

— Et pourquoi ça ? Tu es au-dessus de l'amour et du mariage ?

— Je ne suis pas idiot, c'est tout.

Elle émit un son indigné, qui en disait long sur ce qu'elle pensait.

— C'est vrai, suis-je bête ! Tremper ton biscuit où bon te semble te suffit largement.

Ça suffisait à son père. Et encore. Il la considéra un instant puis attrapa le carton.

Elle s'arrêta net, à genoux, deux marque-places à la main. Il fut envahi par une sensation de déjà-vu. Sauf qu'à l'époque, elle avait six ans et qu'au lieu de marque-places en argent, elle tenait deux Barbie que Mitch et lui avaient décapitées.

Chase se mit à rire.

Les yeux de Maddie prirent une dangereuse teinte verte.

— On peut savoir ce qui est si drôle ?

— Rien, répondit-il en se calmant instantanément.

Elle lui jeta un regard noir.

— Rends-moi ce carton.

— Non.

— Rends-moi ce carton ou je te balance ces trucs à la figure.

Il ne la crut pas.

— Où est le problème ? Je ne vois pas ce qui te choque quand je dis qu'un homme tombera forcément fou amoureux de toi.

— Tu ne penses pas que ça a un rapport avec le fait que je me suis retrouvée à moitié nue dans tes bras et qu'on a failli baiser contre le mur ? Oublie ce que je viens de dire, ajouta-t-elle, rouge comme une pivoine, les yeux écarquillés.

Il sentit sa poitrine se serrer, parce que même s'il était parfois vraiment idiot, il comprenait très bien pourquoi elle était en colère, mais il ne pouvait rien y faire.

— Ah, Maddie…

— Je t'ai dit d'oublier. Merci pour ton aide.

Elle se leva et déposa doucement les deux derniers marque-places dans le carton.

— Et merde.

Il mit le carton de côté, se leva d'un bond et la rattrapa avant qu'elle atteigne la porte. Elle le regarda bien en face.

— Ce qui s'est passé entre nous…, reprit-il.

— … ne signifie rien pour toi, coupa-t-elle. Tu cherchais juste un endroit où tremper…

— Ne finis pas cette phrase ! gronda-t-il, aussi furieux qu'elle. Tu n'es pas le genre de femmes que je cherche pour ça, tu comprends ?

Maddie cilla une fois, puis une deuxième. Elle se dégagea de son étreinte.

— Oui, ça, je crois que je l'ai bien compris.

Elle sortit en trombe sans lui laisser le temps de dire quoi que ce soit, et claqua la porte derrière elle. Il resta plusieurs minutes sans bouger, le regard perdu à l'endroit où elle s'était tenue devant lui.

Quand il comprit enfin pourquoi sa dernière phrase l'avait fait sortir de ses gonds, Chase jura.

Il se passa la main dans les cheveux et regarda alternativement les programmes soigneusement pliés et la porte. Il valait mieux qu'elle croie qu'il n'avait pas envie d'elle. Ou mieux encore, qu'elle pense qu'il n'éprouvait pour elle qu'une attirance purement sexuelle. Parce que s'il se mettait avec elle, il lui briserait le cœur.

Chapitre 7

Madison était sur les nerfs quand elle regagna son chalet, soulagée de voir que Chase ne l'y avait pas précédée. Il lui restait deux heures à tuer avant le dîner et ce temps lui était nécessaire pour se débarrasser de sa colère.

Tout se passait bien entre eux, et voilà qu'il avait jugé bon de parler de mariage, et avec un autre homme qui plus est ! Ne voyait-il pas combien c'était cruel de sa part après ce qui s'était passé ce matin ? Alors qu'il savait pertinemment qu'elle était amoureuse de lui depuis des années ?

Elle jeta un regard à ses baskets, toujours dans sa valise, et leur préféra la gigantesque baignoire. Elle avait aussi besoin de chocolat, mais il faudrait qu'elle attende un peu pour ça. Elle se déshabilla et se précipita dans la salle de bains en résistant à l'envie de claquer la porte derrière elle, ce qui n'avait aucun sens puisqu'elle ne ferait peur qu'aux marmottes.

Pourquoi était-elle aussi irritée ? Rien n'avait changé entre eux. Ils avaient beau avoir partagé deux moments de folie passagère, les choses en étaient toujours au même point. Chase ne s'intéressait pas à elle, en tout cas pas suffisamment pour laisser de côté toutes les raisons qu'il avait pour ne pas sortir avec elle.

Une partie d'elle savait pertinemment que l'attitude du jeune homme n'avait rien à voir avec elle, mais avec ses parents. Tous les frères Gamble semblaient avoir un problème relationnel avec les femmes. Chad ne prenait strictement rien ni personne au sérieux, Chandler n'avait que des aventures d'un soir et Chase était un véritable tombeur. Il collectionnait les relations mais aucune ne durait jamais plus de trois mois. Il les aimait sensuelles et sans suite comme il se plaisait à le rappeler.

Madison grogna et s'immergea complètement dans le bain moussant, qu'elle avait fait couler quasiment à ras bord. Elle ne refit surface que quand elle manqua d'air, et repoussa les mèches de cheveux mouillés qui lui obscurcissaient le visage.

— Maddie, tu es là ?

La voix profonde de Chase résonna à travers la porte.

La jeune femme jeta un coup d'œil affolé dans la salle de bains. Avait-elle verrouillé la porte ? Et pourquoi diable avait-elle laissé la serviette à l'autre bout de la pièce, sagement pliée sur l'étagère ? Elle agrippa le rebord de la baignoire en se demandant si elle pouvait faire semblant de dormir.

Tu parles d'une idée géniale.

Et comme toutes les idées géniales, elle ne fonctionna pas.

La porte de la salle de bains s'ouvrit à la volée et les larges épaules de Chase remplirent l'encadrement. Si sa mère était là, elle comparerait ses épaules à celles d'un déménageur, et elle aurait fichtrement raison.

Madison couina et ramena frénétiquement sur sa poitrine les bulles de bain moussant. Elle comprit rapidement que sa réaction était complètement idiote si on considérait que Chase avait eu un aperçu plus qu'intéressant de ses seins quelques heures auparavant, mais bon, elle ne tenait pas non plus à s'exhiber comme dans un *peep show.*

— On peut savoir ce que tu fais ici ? demanda-t-elle en luttant pour avoir l'air calme et détaché alors qu'il se tenait tout près et qu'elle était entièrement nue.

Chase croisa les bras.

— Je t'ai appelée mais tu n'as pas répondu.

— Donc tu as trouvé logique de faire irruption dans la salle de bains ?

— J'avais peur que tu sois blessée, expliqua-t-il d'un ton détaché.

— Dans la salle de bains ?

— Avec toi, rien n'est impossible.

Il la regardait fixement, sans même essayer de faire semblant de détourner son regard, comme l'aurait fait n'importe quel homme. Mais Chase n'était pas n'importe quel homme. C'était une contradiction ambulante.

— Pfff, merci pour le compliment ! répondit Madison, vexée.

Chase ne répondit pas, entra dans la salle de bains et s'appuya contre les vasques.

Le cœur de Madison s'emballa.

— Euh, tu as besoin de quelque chose ?

Il baissa les yeux, et la jeune femme sut très précisément qu'il regardait les bulles se dissiper à la surface de l'eau. Une vive chaleur se répandit dans ses veines.

— Je ne sais pas, finit-il par répondre en la dévisageant. Il faut qu'on parle.

— Maintenant ?

— Oui, pourquoi pas ?

Il était bête ou quoi ?

— Je prends un bain, Chase, au cas où tu ne l'aurais pas remarqué.

— Oh, mais je l'ai remarqué, ne t'en fais pas.

Le ton de sa voix était légèrement rauque et diablement sexy.

En réponse, le corps de Madison se mit en mode « prends-moi tout de suite ». Il fallait vraiment se pencher sur la création d'un médicament anti-sexe qu'elle pourrait prendre quand elle se retrouvait dans la même pièce que lui. Elle jeta un coup d'œil à la serviette trop loin d'elle et soupira.

— On ne peut pas attendre que j'aie fini ?

Comme il restait deux heures avant le dîner, attendre un peu ne poserait pas de problème. En revanche, être nue dans la baignoire, si.

— Je t'ai déjà vue toute nue, tu sais.

Elle le regarda, bouche bée.

— Non, tu ne m'as jamais vue entièrement nue.

Les yeux de Chase se mirent à briller.

— En fait, si. Tu avais, quoi, cinq ans ? Tu as couru à travers toute la maison cul nu quand tu as eu la varicelle.

— Mon Dieu ! Mais pourquoi tu te souviens de ce genre de choses ?

Elle était à deux doigts de se noyer de honte, là, dans la baignoire.

— Ce genre de vision traumatisante est assez difficile à oublier, rétorqua-t-il avec un sourire en coin.

— Cette conversation me traumatise, nous voilà quittes.

Comme il n'avait pas l'air de vouloir partir, elle dissimula ses seins sous un joli tas de mousse.

— D'accord, capitula-t-elle. De quoi tu veux parler ?

— De toi. De moi. De ce qui se passe entre nous.

Il le dit sur un ton tellement neutre qu'elle crut avoir mal entendu.

Sauf que non.

Elle plongea ses mains sous l'eau et le dévisagea. Il semblait très intéressé par la destination des mains de Madison.

— Parce qu'il se passe quelque chose entre nous ? demanda la jeune femme.

Chase acquiesça, indéchiffrable.

— D'abord, je ne voulais pas t'insulter quand j'ai dit que tu n'étais pas le genre de femmes que je recherchais. Je me suis très mal exprimé.

Madison sentit monter en elle une bouffée d'espoir inopportune.

— Ensuite, prétendre que rien n'est arrivé au cours des dernières vingt-quatre heures serait aussi idiot que d'affirmer qu'il ne s'est rien passé entre nous il y a trois ans. On ne peut plus faire semblant.

Madison opina.

— Enfin, il est évident que je suis très attiré par toi.

Il regarda de nouveau l'eau du bain : les bulles avaient quasiment disparu et la peau rose de la jeune femme était visible par endroits.

— J'ai très envie de toi, ajouta-t-il.

Madison en eut le souffle coupé et son cœur se mit à battre la chamade. Sa déclaration était tellement inattendue qu'elle ne savait que dire.

Le regard bleu de Chase la faisait littéralement fondre.

— Je t'ai dans la peau, poursuivit-il. J'ai fait tout ce que j'ai pu pour l'ignorer, parce que je n'ai pas le droit de vivre une histoire avec toi.

Elle cilla.

— Pourquoi ?

Il s'assit sur le rebord de la baignoire, si près d'elle qu'elle fut comme absorbée par sa présence.

— Ce n'est pas ce que tu crois, Maddie.

Elle ne savait plus ce qu'elle croyait ou ne croyait pas.

— Dis-le-moi alors.

Il inspira profondément et son regard erra jusqu'aux ongles de pied rouge sombre de Madison, qui dépassaient légèrement. Il ne répondit pas.

La jeune femme ne sut que penser de ce silence. Elle mit ses pieds sous l'eau qui refroidissait. Elle allait finir par être toute ridée si elle ne sortait pas rapidement.

Il secoua la tête avec un sourire en coin.

— Je pense que ça ne peut pas marcher entre nous. Tu connais mon passé. Tu connais mon enfance. Et tu es la petite sœur de Mitch. Je ne peux pas lui faire ça.

— Tu n'es pas ton père.

Chase resta silencieux.

— Mitch a confiance en toi, poursuivit Madison, mais ça n'a rien à voir avec lui. Cette histoire ne le concerne pas, décréta-t-elle en le regardant droit dans les yeux. Je comprends ce que tu veux dire mais…

— Mais ? répéta-t-il, interrogateur.

Madison prit une profonde inspiration.

— Mais nous sommes des adultes consentants, Chase. Nous n'avons pas besoin de la permission de mon frère. Tu fais ce que tu veux.

— Ce n'est pas uniquement une histoire de permission.

Elle comprit soudain que Chase avait besoin que quelqu'un croie en lui, parce que son problème n'était ni Mitch ni elle. Et la remarque qu'il avait faite un peu plus tôt prit tout son sens.

Il pensait vraiment qu'elle était trop bien pour lui.

Elle en eut le cœur serré. Pourquoi était-il incapable de voir ce qui était évident pour tout le monde ; qu'il était un homme bon avec des principes ? Est-ce que la façon dont son père avait maltraité sa mère avait fait de lui un homme incapable d'avoir une vraie relation avec une femme ? Même avec elle, qu'il connaissait depuis toujours ? Il avait peut-être besoin d'un coup de main pour surmonter tout ça. C'était à elle de jouer.

Elle déglutit, s'appuya sur les rebords de la baignoire et se leva. L'eau ruissela sur son corps et des bulles de savon dévalèrent le long de ses cuisses. L'air était frais sur sa peau tiède et elle n'arrivait pas à croire qu'elle était là, debout, nue et offerte devant Chase. S'il la repoussait maintenant, quelle que soit l'excuse qu'il invoquerait, elle ne s'en remettrait jamais.

La respiration de Chase s'accéléra et il recula un peu, les poings serrés.

— Mon Dieu, Maddie.

La jeune femme se sentait vulnérable, et elle se fit violence pour garder ses bras le long du corps et le laisser regarder tout son saoul. Et il ne s'en priva pas. Partout où se posait son regard, la peau de Madison semblait s'enflammer. Une vive chaleur se répandit en elle et elle se sentit fondre.

— Serviette, demanda-t-elle, la voix rauque.

Il la regarda si longtemps qu'elle finit par se demander s'il avait perdu l'usage de la parole. C'est alors qu'elle le vit perdre tout sang-froid et elle en fut ravie.

— Non, finit-il par répondre.

— Non ? répéta-t-elle, le cœur battant à tout rompre.

Chase mit les mains sur les hanches de la jeune femme, qui frissonna. Il la fit sortir de la baignoire et l'enserra entre ses cuisses. Elle ne dit rien, le cœur en bandoulière. Il se pencha et déposa un doux baiser sur sa hanche.

Le cœur de Madison s'accéléra de nouveau et elle fut envahie par la chaleur tandis que la bouche de Chase traçait un sillon sur son ventre plat, sa langue jouant avec son nombril. Elle s'agrippa à ses épaules et rejeta la tête en arrière. La bouche de Chase poursuivit son chemin, de plus en plus haut.

Les genoux de Madison chancelèrent quand les lèvres sensuelles du jeune homme se refermèrent sur son sein. Sa bouche était douce et ferme, et la jeune femme gémit doucement. Elle avait l'impression de fondre sous ses caresses expertes.

— Écarte les jambes, ordonna-t-il.

Elle obéit et tressaillit quand elle sentit sa main se glisser entre ses cuisses. Les doigts de Chase la caressèrent doucement et elle se mit à onduler contre sa main, le dos cambré, suppliante. Il glissa alors un doigt en elle, puis deux.

Haletante, elle lui griffa le dos à travers le tee-shirt. Chase lui caressa circulairement le clitoris avec le pouce, et elle sentit qu'elle était sur le point de jouir.

Le jeune homme retira alors sa main et, avant qu'elle ait eu le temps de protester, il déposa un baiser à l'intérieur de sa cuisse. Le cœur de Madison s'arrêta puis reprit sa course folle. Elle n'avait pas vécu d'aventure aussi intime depuis une éternité.

— Je veux te goûter, dit-il d'une voix rauque. Dis-moi que tu le veux aussi, s'il te plaît.

— Oui, gémit-elle, avant de hocher la tête pour faire bonne mesure.

S'il n'avait pas compris qu'elle en avait vraiment envie, elle était prête à le noyer dans la baignoire. Et ce serait très ennuyeux à expliquer à la police et à la famille.

Il s'agenouilla et elle faillit jouir dès qu'il posa les lèvres sur elle. Il commença par un baiser doux, presque chaste, puis il la lécha et introduisit sa langue en elle.

Il s'enfouit en elle, aspirant, mordillant et léchant jusqu'à ce qu'elle se cambre en criant son nom. Madison eut l'impression de rester un instant suspendue avant de s'abandonner tout entière à sa jouissance. Il ne s'arrêta pas pour autant et elle jouit une deuxième fois en criant.

Quand elle revint sur Terre, Chase s'était assis de nouveau sur le rebord de la baignoire et il l'avait prise sur ses genoux, la joue contre l'épaule de la jeune femme. Il lui caressait doucement le dos en suivant la courbe de sa colonne vertébrale.

Madison ne protesta pas quand il recula un peu, le regard voilé. Il sourit et elle eut envie d'embrasser ses fossettes. Elle avait envie de lui faire tout un tas de choses, à commencer par lui rendre la monnaie de sa pièce.

Elle tendit la main vers son érection mais il l'arrêta.

— Il faut qu'on parle, répondit-il en la mettant debout.

Parler ? Elle n'était certainement pas capable de formuler une phrase complète dans ces circonstances. Des gouttelettes d'eau coulèrent sur ses épaules quand elle secoua la tête.

Chase gloussa et se leva à son tour. Il attrapa une serviette et sécha doucement la jeune femme avant de l'envelopper dedans.

— Maintenant je peux me concentrer, dit-il en lui embrassant le front.

Elle le regarda, dubitative. Comment pouvait-il lui donner autant de plaisir sans en prendre s'il avait vraiment envie d'elle ? Elle sentit le malaise croître, d'autant plus dérangeant qu'elle avait pris un pied incroyable.

— Moi je ne peux pas, répondit-elle.

Il la prit par la main et la mena vers le lit. Elle s'assit, la main serrée sur la serviette, incertaine. Il ne laissait rien paraître, et l'émotion qu'on décelait dans son regard était indéchiffrable.

Il se campa devant elle, jambes écartées, dominateur.

— J'ai envie de toi.

« Prends-moi », avait-elle envie de répondre.

— Je pense que nous avons établi ce fait, dit-elle.

Il sourit légèrement.

— Et tu as envie de moi, reprit-il.

— Encore un fait avéré, dit-elle.

Un fait très avéré, même, mais ce n'était pas la peine d'enfoncer le clou.

— Où est-ce que tu veux en venir ? demanda-t-elle.

Elle n'avait qu'une hâte : qu'il dise ce qu'il avait à dire, pour qu'elle puisse le déshabiller et enfin coucher avec lui. Un lit en forme de cœur n'avait jamais fait partie de ses fantasmes mais elle n'avait rien contre l'improvisation.

— Et tu comptes vraiment pour moi, poursuivit Chase en s'agenouillant devant elle. Il n'y a donc qu'une solution.

L'espoir fit son retour, et Madison sentit des papillons voleter dans son ventre. Compter pour quelqu'un ne voulait pas dire être aimée, mais Chase n'était pas du genre à faire de grandes déclarations d'amour éternel. Et puis, elle pouvait le faire changer d'avis. Il n'y avait évidemment qu'une solution : arrêter les conneries et sortir ensemble. Affronter Mitch, admettre qu'ils comptaient l'un pour l'autre et faire avec. S'ils étaient ensemble, elle pourrait lui prouver qu'il ne ressemblait en rien à son père. Ils verraient bien si le destin leur réservait une fin heureuse. Et en attendant, ils baiseraient comme des fous.

— Je suis d'accord, dit-elle en réprimant l'envie de sourire comme une bécasse.

— Formidable, dit-il, soulagé. C'est ce dont nous avons besoin tous les deux.

Et comment !

Chase sourit.

— Et quand on l'aura fait, les choses redeviendront comme avant.

Elle commença à acquiescer, toute plongée qu'elle était dans son petit fantasme, puis ce qu'il avait réellement dit parvint enfin à son cerveau. Elle frissonna.

— Tu peux répéter ?

— Il faut qu'on couche ensemble, expliqua-t-il en se redressant et se penchant vers elle, les mains de part et d'autre des cuisses de Madison. On le fait, histoire de s'en débarrasser. On ne pourra pas reprendre une relation normale sans ça.

Madison se sentit balayée par un courant d'air glacé qui la laissa anesthésiée.

— « Une relation normale » ? répéta-t-elle.

— Oui, comme avant. Qu'on redevienne amis.

Il mit sa main puissante sur l'épaule de la jeune femme et elle tressaillit. Il fronça les sourcils.

— Pas de quoi fouetter un chat.

Madison avait beaucoup de mal à comprendre ce qu'il racontait. Elle avait attendu si longtemps qu'il prononce exactement ces mots-là, qu'il avoue qu'il avait envie d'elle et qu'il tenait à elle, mais pas pour en arriver à cette conclusion, à ce déni de ce qu'elle voulait, de ce qu'elle était.

Un trou béant s'ouvrit dans sa poitrine.

Il posa la main sur la nuque de la jeune femme et renversa sa tête en arrière pour l'embrasser doucement dans le cou, d'une façon si tendre que Madison en eut les larmes aux yeux.

Parce que son geste ne voulait rien dire.

— Dis quelque chose, Maddie.

Il la lâcha et recula un peu, toujours à genoux.

Elle n'était pas certaine de pouvoir articuler quoi que ce soit. La boule qui s'était formée dans sa gorge montait dangereusement. Elle se sentait meurtrie et quand elle finit par ouvrir la bouche, elle avait la voix rauque.

— C'est ta solution magique ? On couche ensemble et on passe à autre chose ?

— Je n'ai pas dit que c'était une solution magique, répondit-il, la tête penchée sur le côté. Mais c'est déjà ça, non ?

C'était déjà ça, mais même si elle était folle amoureuse de lui, ce n'était pas suffisant. Et ça lui faisait un mal de chien. Elle avait l'impression d'avoir été écartelée.

— Eh ben, murmura-t-elle, médusée. Comment refuser une proposition aussi romantique ?

Chase pinça les lèvres.

— Tu peux m'épargner tes sarcasmes.

Elle se mit à rire de manière forcée.

— Et que veux-tu que je te dise ?

Il se releva, recula d'un pas et secoua la tête.

— Maddie…

— Voyons si j'ai bien suivi, le coupa Madison en se levant à son tour.

Elle se rapprocha de Chase, un peu vacillante.

— Tu as peur de manquer de respect à Mitch en sortant avec moi. Tu ne veux surtout pas me traiter de la manière dont ton père a traité ta mère. Pourtant, tu penses que coucher avec moi une fois et passer à autre chose, ce n'est pas insultant ?

Chase ouvrit la bouche, mais aucun son n'en sortit. Il se rendait peut-être compte de l'erreur qu'il avait commise, mais c'était trop tard.

Le cœur de Madison se brisa en un million de morceaux. Elle réussit à sourire froidement.

— J'aime mieux te dire que même si, dans un univers parallèle complètement taré, cette situation était acceptable pour mon frère et toi, pour moi ce serait toujours intolérable.

Madison fit alors une chose qu'elle n'avait jamais faite.

Elle le gifla.

Chapitre 8

Rien ne s'était déroulé comme prévu. Non pas que Chase eût un plan. Une heure plus tard, le souvenir de la gifle que Madison lui avait infligée était toujours cuisant, et le claquement de la porte de la salle de bains résonnait toujours à ses oreilles.

Il avait vraiment tout gâché.

Assis sur le canapé, il s'était demandé comment il allait pouvoir rattraper le coup. Il avait entendu l'eau couler, mais il savait pertinemment que Maddie ne prenait pas une douche.

Elle était orgueilleuse ; elle faisait couler l'eau pour masquer le bruit de ses larmes.

Et merde. Il ne voulait surtout pas la blesser et voilà qu'il s'était comporté comme le dernier des salauds.

Elle avait fini par sortir de la salle de bains, les yeux rougis mais le visage apprêté, vêtue d'une jolie robe assortie aux paillettes vertes de ses yeux.

Elle était passée devant lui la tête haute et avait quitté le chalet sans mot dire.

Il avait essayé de l'arrêter – il avait même gagné plusieurs fois la porte de la salle de bains – mais n'avait rien trouvé à dire. Comment pouvait-il défaire ce qu'il avait fait ? Il aurait dû se taire une bonne fois pour toutes.

Quand il finit par quitter le canapé pour enfiler un pantalon de costume noir et une chemise blanche à l'occasion du dîner officiel, il était déjà en retard de quelques minutes.

Il constata en arrivant dans la salle à manger du grand chalet que les convives étaient quasiment tous déjà là. Mitch et Lissa, main dans la main, occupaient la place d'honneur. Ils étaient entourés de leurs parents, à côté desquels trônaient… les témoins.

Maddie était assise, très raide, les jambes croisées, les mains jointes sur les genoux, à côté d'une chaise vide.

Il y avait un plan de table.

Il carra les épaules et se dirigea vers sa place en répondant vaguement aux différents saluts adressés de part et d'autre.

Maddie ne leva pas les yeux vers lui et ne lui adressa pas la parole.

Il la regarda à la dérobée. Elle serrait les dents, la bouche pincée.

Chad, qui était assis en face de lui, un verre de vin à la main, se leva.

— À présent que nous sommes tous réunis, c'est le moment de porter un toast.

— Et de manger, enfin ! ajouta Mitch en souriant.

Lissa lui donna un petit coup sur le bras pour le faire taire et il se mit à rire.

— Vas-y, Chad, poursuivit-il.

Chad s'éclaircit la voix de manière théâtrale. La moitié des convives se pencha en avant, l'oreille tendue, très curieux d'entendre ce qu'il avait à dire : avec Chad, on ne pouvait jamais savoir à l'avance.

— Je pense que vous êtes tous d'accord avec moi : personne n'est surpris de se trouver là ce soir, commença-t-il en levant son verre. À partir du moment où ils se sont rencontrés, on savait que Mitch était foutu et que quelqu'un porterait la culotte à sa place.

Les invités éclatèrent de rire et en bout de table, Mitch haussa les épaules, philosophe. Même s'ils avaient commencé par être amis, son amour fou pour la jolie blonde s'était imposé comme une évidence.

Le regard de Chase croisa celui de Chandler. Ce dernier haussa un sourcil et regarda Maddie.

— On se demandait combien de temps il mettrait avant de l'inviter à sortir avec lui et on avait tous pris des paris.

Chad sourit en voyant la surprise se peindre sur les traits de Lissa avant de reprendre :

— J'avais dit une semaine. Chandler deux, et Chase un mois et demi.

Lissa émit un petit cri de surprise puis sourit.

— Mitch m'a demandé de sortir avec lui alors que nous nous connaissions depuis presque deux mois, dit-elle en se tournant vers Chase. C'est toi qui as gagné.

Il haussa les épaules en jouant avec le pied de son verre. Tous les convives l'observaient en souriant, sauf Maddie, qui regardait droit devant elle.

— Tous paris mis à part, poursuivit Chad, nous savions tous que Lissa et Mitch étaient faits l'un pour l'autre. Buvons à ce couple merveilleux !

Tous levèrent leur verre et se mirent à parler en même temps. Chase était surpris de la teneur du discours de son frère, qui avait été relativement sage. Ce fut son tour et, en tant que témoin, il était de son devoir d'humilier son ami, mais il fit, comme Chad, un discours aussi bref qu'attendrissant.

Les serveurs apportèrent les premiers plats et le dîner se déroula comme prévu. Tout le monde autour de Chase se réjouissait de cette union. Quant à lui, il était ravi pour eux, mais…

Chase jeta un coup d'œil à Maddie, qui discutait avec une des demoiselles d'honneur.

Il se sentait en dessous de tout. Il savait qu'elle ne lui pardonnerait jamais sa proposition, et il ne pouvait pas lui en vouloir. Cela revenait presque à lui offrir de se prostituer pour lui. C'était bien pire que tout ce que son père avait pu faire.

Il repoussa son assiette pleine, incapable d'avaler une bouchée. Il essaya de se concentrer sur ce que lui racontait un de ses potes de fac, tout en remarquant que Maddie ne buvait pas une goutte d'alcool. Au moins, il ne serait pas obligé de la voir danser avec l'autre abruti.

Au souvenir des mains du type sur les hanches de la jeune femme, il sentit monter en lui une bouffée de possessivité. Ce mec n'avait pas le droit de la toucher.

Chase prit une profonde inspiration.

Lui non plus n'avait pas le droit de la toucher.

Une fois le dîner achevé, les invités se séparèrent en petits groupes et il remarqua que Maddie restait avec son frère et ses parents. Il se sentit soudain oppressé.

Il fallait absolument qu'il arrange les choses mais comment ? Sa mauvaise humeur s'aggrava et l'arrivée de Chad, qui posa un bras musclé sur ses épaules, n'arrangea rien.

— Je reconnais cette expression, petit frère, dit-il.

Chase se débarrassa de l'étreinte de son frère mais accepta la bière qu'il lui tendait.

— De quoi tu parles ? demanda-t-il.

— Tu faisais la même tête juste avant de casser la gueule de Rick Summers quand il a peloté Maddie dans la voiture.

Chase n'appréciait pas vraiment la tournure que la conversation était en train de prendre.

— Ou quand ce mec dans ton cours d'économie à la fac a dit qu'il fantasmait sur son cul.

Un muscle tressaillit sur la joue de Chase. Cet incident n'était connu que de Chad, qui en avait été témoin. Au souvenir de ce connard et des obscénités qu'il avait proférées, Chase sentit de nouveau la colère monter.

— Ou hier soir quand elle s'est mise à danser avec l'autre, là, poursuivit Chad en souriant, tandis que Chase le foudroyait du regard. Oui, moi aussi j'ai remarqué. Et pendant le dîner on aurait dit que quelqu'un avait écrasé ton chien, incendié tes trois bars, puis t'avait pissé dessus et enfoncé un gros bâton dans le…

Chase éclata d'un rire forcé.

— C'est bon, j'ai compris ce que tu voulais dire.

— Tu n'as pas souri une seule fois pendant mon discours.

Chase leva les yeux au ciel.

— Je me demande ce que tu as fait à Maddie, poursuivit Chad. Elle faisait la même tête que toi.

— Tout ça n'a rien à voir avec Maddie, rétorqua Chase en avalant la moitié de sa bière d'une seule gorgée. Et je n'ai pas envie d'en parler.

Chad secoua la tête et fit comme s'il n'avait pas entendu.

— Ça a toujours quelque chose à voir avec Maddie.

Chase s'immobilisa et contempla sa bouteille de bière.

— C'est si évident que ça ? demanda-t-il.

Il pensait que Chad allait en plaisanter mais ce dernier ne dit rien.

— Bien sûr, finit-il par répondre. Et ça l'a toujours été.

— Super.

Chad sourit.

— Qu'est-ce qui s'est passé ? demanda-t-il.

Chase avala une longue gorgée de bière et donna à son frère une version abrégée de l'incident. Comme il s'y attendait, Chad le dévisagea comme s'il était le dernier des idiots et ne put réprimer un petit rire.

— Je n'arrive pas à croire que tu lui aies fait cette proposition, répondit-il en secouant la tête. Tu pensais vraiment qu'elle allait accepter ?

En toute honnêteté, Chase n'en avait pas la moindre idée. Entre l'incident dans la cave à vins et la vision de Maddie dans son bain, si séduisante sous les bulles de bain moussant, il n'avait pas trouvé mieux.

Chase se passa la main dans les cheveux.

— Je ne sais pas ce qui m'est passé par la tête.

— C'est bien là le problème, commenta Chad. Tu penses trop.

— C'est-à-dire ? demanda Chase, perplexe.

— Tu te prends la tête alors qu'il te suffit de suivre ton cœur.

Chase éclata de rire.

— Ouh la, j'en connais un qui a abusé des rediffusions d'Oprah !

— Ta gueule, rétorqua Chad en s'étirant.

Chase s'aperçut que son frère se sentait très mal à l'aise dans son costume. Contrairement à lui, qui préférait les vêtements élégants, Chad n'aimait porter que des jeans.

Celui-ci lui sourit d'un air taquin.

— Et si tu commençais par penser un peu avec ce que tu as entre les jambes ? Et arrête avec Mitch ; tu sais bien qu'il ne dirait rien si tu sortais avec Maddie. À moins bien sûr, que ça ne soit simplement pour tirer un coup, ce que je peux comprendre, elle est super can…

— Si tu finis cette phrase, je t'enfonce cette bouteille là où je pense, prévint Chase.

Chad renversa la tête en arrière et éclata de rire.

— C'est bien ce que je pensais, ce n'est pas une passade, et Mitch n'y verra donc rien à redire.

— Si on avait une sœur, qu'est-ce que tu penserais si un de nos potes lui tournait autour ?

— C'est un mauvais exemple, répondit Chad en croisant les bras et en reluquant une des demoiselles d'honneur. Tous nos potes sont des nases.

Chase ricana.

Chad ne répondit pas tout de suite, ce qui n'était pas dans ses habitudes.

— On est tous un peu nases, finit-il par ajouter.

— Sans blague ! rétorqua Chase.

Chad laissa échapper un rire amer.

— Ce que notre père a fait à maman était complètement tordu. C'était un connard sur toute la ligne. Mais tu sais ce qui est encore plus tordu ? Qu'on le laisse nous pourrir la vie alors qu'il n'est même plus là.

Une partie de Chase le niait de toutes ses forces, mais il ne pouvait pas mentir à ses frères. Ils étaient les seuls à connaître la vérité.

— Je suis comme papa.

— Tu n'as rien à voir avec lui, rétorqua vivement Chad. Mais tu fais comme si, et je ne comprends pas pourquoi. C'est comme si tu voulais accomplir une prophétie débile.

— Tu parles de nouveau comme Oprah.

— Ta gueule, Chase. Je suis très sérieux, reprit-il en mettant une main sur l'épaule de son frère. Tu es le meilleur de nous trois, n'essaie pas de dire le contraire. Tu n'as jamais eu d'yeux que pour Maddie. Elle est la seule personne capable de te maintenir dans le droit chemin et tu n'arrêtes pas de la repousser.

Cette conversation devenait dangereuse, certainement parce que Chad disait la vérité.

— Arrête…

— Je n'ai pas terminé. Tu n'es pas comme notre père. Tu ne feras jamais subir à Maddie ce qu'il a infligé à maman. Tu te comportes mieux avec les femmes qui ne sont que de passage dans ta vie que lui avec celle qu'il a épousée. C'est bien la preuve que tu n'as rien à voir avec lui.

— C'est quoi cette logique tordue ?

Chad lui lança un regard entendu.

— Tu n'en as jamais mené une seule en bateau. Tu ne leur as jamais menti. Tu ne t'es pas marié et tu n'entretiens pas des putes sous le nez de ta femme.

Chase sentit la peur l'envahir. Et s'il ne pouvait pas s'empêcher d'agir comme ça ? Il ne se le pardonnerait jamais.

— Devine pourquoi je ne suis pas marié.

— Tu ne ferais jamais une chose pareille à Maddie, répondit Chad. Et tu sais pourquoi ?

— J'ai comme l'impression que je ne vais pas tarder à le savoir.

Chad finit sa bière.

— Parce que tu possèdes quelque chose qui faisait cruellement défaut à notre père : la capacité d'aimer. Et tu aimes trop Maddie pour lui faire du mal.

Chase ouvrit la bouche pour protester mais en fut incapable.

— Tu ne lui feras aucun mal, jamais. Ton problème, petit frère, c'est que tu ne fais confiance à personne, et surtout pas à toi, dit-il avant de tourner les talons.

Madison avait sérieusement envisagé de dormir par terre dans le chalet de ses parents mais l'idée qu'ils étaient en lune de miel lui avait fait changer d'avis. La plupart des invités étaient deux par chambre, sauf Sasha, une amie de Lissa qui venait du Maryland, mais Madison avait l'impression qu'elle allait passer la nuit avec Chad.

Et il était hors de question qu'elle dorme dans la chambre de sa grand-tante Bertha.

D'ailleurs, je ne suis plus une adolescente, se dit-elle en pénétrant dans le chalet sombre et désert. Elle n'allait pas fuir devant Chase, même si elle lui avait offert une nouvelle fois son cœur pour qu'il le piétine. Il fallait juste serrer les dents une nuit et une journée supplémentaires, et elle aurait ensuite sa propre chambre.

Elle se déshabilla rapidement et enfila le tee-shirt que Chase lui avait donné la veille au soir. Il avait été très tendre alors et ce souvenir lui fit mal.

Il était tendre et sexy. Mais cela ne voulait rien dire.

Il voulait juste coucher avec elle et passer à autre chose.

Quel crétin.

Elle ouvrit le robinet d'une main tremblante. La soirée avait été une véritable torture. Elle avait eu plusieurs fois envie de se tourner vers Chase et de lui dire quelque chose, n'importe quoi. Ou de lui envoyer son verre d'eau à la figure. Cette solution l'aurait soulagée, au moins momentanément.

Mais tout avait été dit. Une fois le week-end terminé, elle pourrait reprendre le cours de sa vie et oublier définitivement Chase Gamble.

Elle se lava le visage, attacha ses cheveux en queue de cheval et se glissa sous les couvertures. Elle ne se sentait pas coupable de le laisser dormir sur le canapé tout droit sorti des années 1960 cette fois-ci. Bien fait pour lui.

Madison tourna le dos à la porte et ferma les yeux. Elle fit le compte des mails auxquels elle devrait répondre et des coups de fil qu'il lui faudrait passer à son retour au travail, histoire de s'endormir avant que Chase ne rentre.

En vain.

Quand la lune fut haute dans le ciel, ses rayons transperçant les persiennes, la porte s'ouvrit en grinçant et le bruit des pas de Chase rompit le silence.

— Maddie ?

Elle retint son souffle et fit semblant de dormir. *Tu parles d'une adulte.*

Les pas se rapprochèrent et il s'assit sur le lit, faisant ployer ce dernier sous son poids. Le silence s'éternisa, tendu comme les nerfs de Madison. Qu'est-ce qu'il pouvait bien faire ? Elle avait presque peur de le savoir.

Le lourd soupir de Chase couvrit les battements sourds de son cœur. Une seconde plus tard, elle sentit le bout de ses doigts caresser les mèches éparses sur ses joues. Il les ramena derrière son oreille.

— Je suis désolé, s'excusa-t-il dans un murmure. Je suis vraiment désolé. Pour tout.

Elle arrêta de respirer, ce qui lui prouva qu'elle n'avait pas si bien retenu son souffle que ça. Madison n'était pas certaine de ce qu'il voulait dire par là. Ses excuses signifiaient-elles qu'ils pouvaient repartir à zéro ? Étaient-elles une proposition de réconciliation qui leur permettrait de redevenir amis, parce que, quoi qu'elle en dise, elle ne voulait pas qu'il sorte complètement de sa vie ?

Elle n'était même pas sûre qu'il soit le plus à blâmer pour la situation inextricable dans laquelle ils se trouvaient. Chase n'était pas blanc comme neige mais ses sentiments à elle avaient tout compliqué.

Madison plissa les paupières pour empêcher ses larmes de couler et pinça les lèvres.

Chase demeura auprès d'elle quelques instants, puis le lit bougea tandis qu'il se levait. Incapable de rester silencieuse plus longtemps et de prétendre qu'il ne s'était rien passé, Madison roula sur le dos.

— Chase ?

Il s'immobilisa, une main sur la couverture près des hanches de la jeune femme. Il avait l'air étrangement vulnérable dans l'obscurité.

Elle n'avait aucune idée de ce qu'elle faisait. Son corps agissait seul, en contradiction avec son cœur et son cerveau : depuis qu'elle était enfant, elle était sujette à des pulsions qu'elle avait du mal à contrôler.

Elle leva la main et la posa sur la joue de Chase. Au lieu de reculer, ce dernier appuya sa joue dans sa paume et ferma les yeux.

— C'est un sacré mariage, hein ? dit-il en souriant. Et dire qu'il n'a pas encore eu lieu…

Il couvrit la main de Madison avec la sienne et la déplaça lentement jusqu'à ses lèvres. Il embrassa la paume de sa main et le cœur de la jeune femme s'emballa.

— Je suis désolé, Maddie, vraiment. Je ne sais pas comment j'ai pu te dire une chose pareille. Je ne veux absolument pas coucher avec toi comme ça.

Maddie enroula ses doigts autour de ceux de Chase.

— Je ne… je ne comprends pas, répondit-elle, perplexe.

Il respira un grand coup.

— Il y a beaucoup de choses qui m'échappent à moi aussi. Chad m'a rebattu les oreilles avec ses conneries à la Oprah, et j'ai compris quelque chose, aussi bizarre que ça puisse paraître.

— Quoi ?

Chase sourit un peu et la regarda intensément.

— J'ai envie de toi.

Madison cessa momentanément de respirer. L'espoir se mit de nouveau à battre dans son cœur.

Décidément, Chase était le champion des montagnes russes.

— Tu l'as déjà dit, répondit-elle.

— Et je le pensais vraiment.

Elle ne comprenait pas où il voulait en venir mais son cœur lui avait déjà pardonné. Ce qu'elle lui dit alors scella son destin.

— Tu restes avec moi ?

Chase hésita, et il devint si rigide, si tendu, que sa nervosité en devint presque palpable. Subitement, il enleva ses chaussures et déboutonna sa chemise, qu'il balança sur le sol.

Le cœur de Madison se mit à battre la chamade en voyant le torse musclé de Chase. Il était sublime, tout droit sorti d'un des fantasmes de la jeune femme. Dans l'obscurité du chalet à peine troublée par la lueur pâle de la lune, elle sentit ses doutes se dissiper. C'était sa raison de vivre depuis toujours : son amour pour lui.

Soudain, elle eut l'impression que ce moment précis était l'apogée de leur histoire. Il n'y aurait pas de retour possible. Et si elle n'était pas capable de lui prouver qu'il n'avait rien en commun avec son père, nul ne pourrait le faire.

Chase se mit sur le côté, tout près d'elle. Aucun d'eux ne dit un mot et elle se rapprocha de lui.

Ils étaient face à face, leurs visages et leurs corps séparés seulement par quelques centimètres.

Lentement, timidement, Chase posa la main sur sa joue. Il fit courir ses doigts jusqu'à ses lèvres entrouvertes. Sa caresse se répercuta dans tout son corps et elle s'enflamma.

Il passa délicatement la main sur son cou et s'arrêta à l'encolure du tee-shirt, un petit sourire en coin.

— Tu sais que te voir porter mes vêtements m'excite terriblement ? dit-il en glissant ses mains sous le tissu pour caresser son épaule, faisant frémir la jeune femme qui recroquevilla les orteils. Je ne sais pas pourquoi, mais c'est comme ça.

Elle se demanda si la voir complètement nue lui faisait le même effet. Puis elle se souvint de son érection dans la salle de bains. La réponse était oui.

— Qu'est-ce qu'on fait, Maddie ? demanda-t-il, d'une voix rauque et caressante.

Madison déglutit : son corps et son cœur se mirent à l'unisson et entraînèrent son cerveau avec eux. Avant même de savoir ce qu'elle faisait, elle s'agenouilla, mit ses mains sur les épaules de Chase et le repoussa jusqu'à ce qu'il soit sur le dos. Elle le chevaucha et ravala un gémissement quand elle sentit son érection tendre son pantalon.

— Fais-moi l'amour, murmura-t-elle. S'il te plaît.

Chase s'immobilisa. Il ouvrit grand ses yeux frangés de longs cils et la dévisagea intensément. Pour toute réponse, il mit ses mains sur les hanches de Madison et les fit remonter jusqu'à l'ourlet du tee-shirt. Ses doigts froissèrent le tissu. Il s'immobilisa de nouveau et pendant un instant, la seule chose qui bougea fut le cœur battant de la jeune femme. Puis il ôta le tee-shirt.

C'était la réponse qu'elle attendait.

Le temps que le vêtement rejoigne sa chemise sur le sol, les lèvres de Madison avaient trouvé les siennes et elle s'était allongée sur son corps musclé et tiède. Leur baiser ne fut ni doux ni tendre, mais profond et torride, reflétant des années de frustration. Les lèvres de Chase avalèrent les gémissements de Madison. Il mit la main dans son dos et la plaqua tout contre lui. En sentant leurs deux chairs réunies, Madison fut submergée. Chase l'embrassait comme un homme affamé, cédant au désir insatiable qu'il avait d'elle. En réponse, Madison agrippa violemment ses épaules.

Il mit une main dans ses cheveux.

— Si tu veux que je m'arrête, murmura-t-il tout contre ses lèvres meurtries, c'est maintenant. Compris ?

Elle frissonna quand il mordilla sa lèvre inférieure.

— Je ne veux pas arrêter. Ni maintenant ni jamais. Compris ?

Il s'immobilisa de nouveau. Puis, avec un grondement sourd, presque animal, il bougea à toute allure ; en un quart de seconde, elle se retrouva sur le dos, offerte et vulnérable. Il la contempla, concentré, puis il fondit sur elle.

Il lui lécha le bout du sein tout en ouvrant rapidement son pantalon. Madison gémit et arqua le dos.

Peau contre peau, elle sentit son érection contre sa cuisse ; elle agrippa ses bras et déposa de petits baisers sur son visage et dans son cou.

Chase saisit le menton de la jeune femme et la maintint fermement tandis que sa bouche s'unissait passionnément à la sienne jusqu'à ce qu'elle finisse par se débattre sous son étreinte. Il la dominait et une partie d'elle n'aurait pas voulu qu'il en soit autrement.

La réalité la rattrapa et elle mit une main sur la poitrine de Chase.

— Je prends la pilule, mais…

— J'ai ce qu'il faut, répondit-il avec un sourire entendu.

Il quitta le lit et fourragea un instant dans valise, d'où il sortit un préservatif.

Madison haussa un sourcil.

— Tu avais prévu de baiser ce week-end ?

— Pas vraiment, avoua-t-il, mais j'en ai toujou sur moi.

Elle n'eut pas le temps de céder à la jalousie son estomac se contracta quand elle le vit déroul le préservatif sur son large sexe. Il l'embrassa d nouveau et la rallongea sous lui.

Émerveillée par la puissance de son corps, ell fit courir ses doigts sur son ventre musclé et sur se hanches fermes. Sa peau était douce, comme du satin tendu sur de l'acier. Il était parfait.

Il l'embrassa plus lentement, plus tendrement. Elle sentait son sexe contre le sien. Elle ondula e gémit : il était près mais pas assez. Elle était tout à lui ; elle l'attendait depuis toujours.

Chase s'appuya sur ses coudes et la regarda. Se yeux, d'un bleu intense et vibrant, la transpercèrent

— Ne t'arrête pas, murmura-t-elle. Je veux t sentir en moi.

— Je ne pourrais pas m'arrêter, même si j le voulais.

Il l'embrassa, la marquant au fer rouge de tou la passion et de tout le désir qu'elle ressentait po lui depuis si longtemps.

— J'ai besoin de ça, ajouta-t-il. J'ai besoin de t

Et il la pénétra d'un seul coup.

Madison cria avec ferveur en le sentant en elle. Aucun de ses fantasmes, aucun de ses amants ne lui avait jamais procuré ce plaisir. Avec lui, elle se sentait entière.

Il s'immobilisa, profondément enfoui en elle. Il ôta les mèches de cheveux humides du front de la jeune femme.

— Est-ce que ça va ? demanda-t-il d'une voix rauque.

Elle acquiesça et noua ses jambes autour des hanches de Chase. Ce dernier renversa la tête en arrière en grognant et Madison ondula sous lui. Il était tendu comme un arc. Il se mit alors à bouger et son langoureux va-et-vient la rendit folle. Le frottement de leurs corps et leurs gémissements amplifiés par le silence du chalet intensifièrent le plaisir de la jeune femme.

Perdue. Elle était perdue.

Il se retint alors qu'elle réclamait : elle voulait plus. Quand il finit par céder, elle émit un cri étouffé : il la maintint fermement, les mains sur ses poignets. Il accéléra le rythme, leurs hanches bougeant à l'unisson.

Elle sentit monter le plaisir à toute allure ; il se répandit dans ses veines, foudroyant. C'était

trop intense. Son corps se mit à trembler et sa tête frappa violemment l'oreiller.

— Laisse-toi aller, murmura Chase tout contre son cou.

Madison se laissa envahir par l'extase en criant son nom. Il la rejoignit presque aussitôt, son corps puissant traversé de spasmes.

Il se dégagea ensuite et roula sur le dos. Il la prit dans ses bras, et Madison posa la tête sur son torse, juste au niveau de son cœur battant. Ils luttèrent pour reprendre leur souffle.

Elle n'avait jamais ressenti autant de plaisir auparavant et savait que ça n'arriverait plus jamais. Elle était au paradis.

Elle ferma les yeux. Il y avait de fortes chances qu'elle regrette amèrement ce qu'elle avait fait le lendemain matin. Et dans quelques semaines. Voire dans quelques mois. Mais dans quelques années, elle pourrait se dire qu'elle l'avait eu tout à elle, même si ce n'avait été que pour une nuit.

Chapitre 9

Madison s'étira langoureusement et sourit en sentant ses muscles se rappeler agréablement à son bon souvenir. La nuit dernière avait probablement été la meilleure de sa vie. Chase avait rapidement récupéré, puis il l'avait retournée, mise à quatre pattes et… Bref, la meilleure nuit de sa vie, ça ne faisait aucun doute. Et son corps était déjà prêt à le recevoir de nouveau.

Elle ne voyait pas comment cette nuit parfaite pouvait ne pas marquer un tournant dans leur relation. Il lui avait fait l'amour d'une façon qui – elle le sentait au plus profond d'elle-même –, les liait irrévocablement. Sans prononcer un seul mot, ils avaient fait tomber les barrières qui les séparaient. Comment pouvait-il penser à présent qu'il était comme son père et ne pas voir qu'ils étaient faits l'un pour l'autre ?

Elle se retourna et tendit la main vers Chase. Sauf qu'il n'était pas là.

Elle ouvrit grand les yeux.

Le lit était vide mais une odeur de bois et de nature sauvage traînait sur l'oreiller et les draps froissés.

Madison jeta un coup d'œil en direction du canapé, qui était vide lui aussi. Envahie par un mauvais pressentiment, elle s'extirpa du lit, un drap noué autour de sa poitrine, et ouvrit la porte de la salle de bains. Vide.

Il était parti sans rien dire.

Son cœur se serra.

Elle se morigéna. Elle était idiote : il pouvait être n'importe où. Peut-être était-il allé chercher le petit déjeuner ou profitait-il du beau temps pour faire une marche matinale.

Elle se précipita vers la fenêtre et ouvrit les volets en clignant des yeux devant la lumière aveuglante. La terrasse était vide. Pas de Chase à l'horizon. Elle tourna le dos à la fenêtre et frissonna en regardant le lit. Il ne pouvait pas l'avoir quittée, pas après une nuit comme celle-là. Ce n'était pas possible. S'il l'avait fait, c'était vraiment comme s'il avait couché avec elle pour tourner la page. Il aurait agi comme tous ces hommes qui disparaissent après avoir obtenu ce qu'ils voulaient.

Mais ce qu'ils avaient vécu n'était pas une aventure d'un soir.

Son regard erra sur le canapé puis sur sa petite valise, qu'elle avait laissée à côté du placard.

Elle se figea.

La valise de Chase n'était plus là.

Le cœur battant, elle traversa la chambre et ouvrit la porte de la penderie. Trois de ses robes – dont celle de demoiselle d'honneur –, étaient suspendues à des cintres, mais tous les vêtements de Chase – son smoking et ses élégantes chemises – avaient disparu, de même que ses chaussures. Elle devina qu'une inspection de la salle de bains donnerait le même résultat.

Madison se mit à trembler, debout devant l'armoire ouverte.

Il était parti.

Il était vraiment parti.

Elle se laissa tomber sur le bord du lit, dans un état second. Elle avait la gorge brûlante et les yeux la piquaient, mais elle se contrôla et refoula ses larmes. Elle attendit pendant ce qui lui sembla être une éternité. Il ne revenait pas.

Il était vraiment parti.

Son cerveau avait du mal à l'admettre, mais il n'y avait pas d'erreur possible. Elle n'était qu'une pauvre idiote. Elle s'était donnée à lui corps et âme et voilà ce qu'elle récoltait.

Elle aurait dû l'écouter. Il avait pourtant essayé plus d'une fois de la mettre en garde. Il avait dit qu'il ressemblait à son père et il venait de le prouver.

Il l'avait détruite.

Quand l'employé finit par lui tendre la clé de l'un des nouveaux chalets, Chase l'aurait volontiers étranglé. Il l'avait fait attendre une demi-heure, le temps que la chambre soit prête, et maintenant Chase était en retard sur son planning.

Il déposa sa valise dans le nouveau chalet et ne put s'empêcher de regarder le grand lit aux draps de satin. Il imaginait très facilement Maddie nue dans ce lit. À la pensée de ce qui s'était passé la veille, il se mit à bander ; il était prêt pour une troisième manche. Voire même une quatrième.

Mais il fallait d'abord qu'il prenne une douche. Même s'il adorait la vanille – le parfum de Maddie – pas question de se balader comme ça ; nul n'avait besoin de savoir qu'il avait couché avec la petite sœur de Mitch.

La nuit précédente avait été incroyable. Maddie avait été incroyable. Pas seulement sur le plan sexuel. Il y avait entre eux une connexion, quelque chose qui allait au-delà de la jouissance. Il s'agissait de quelque chose d'indéfinissable. Un truc qui n'arrivait qu'une fois dans toute une vie. Il n'avait jamais ressenti ça avec aucune femme, et il savait qu'il ne ressentirait ça qu'avec Maddie.

Il avait l'impression que les émissions télévisées bas de gamme déteignaient sacrément sur lui.

Tout ça devait bien avoir un sens. Il était fatigué de combattre l'envie de donner du sens à sa relation avec Maddie. Fatigué de se priver de ce qu'il voulait depuis toujours. Maddie était plus que la petite sœur de Mitch. Plus que la petite fille qui l'avait suivi comme son ombre pendant des années. Elle était tout pour lui. Et il était plus que le fils de son père parce qu'il savait, avec une certitude absolue, qu'il ne pourrait jamais lui faire de mal. Pas après la nuit qu'ils venaient de passer ensemble.

Il lui en avait fallu du temps pour comprendre tout ça.

Il avait failli tout gâcher avec sa proposition indécente, mais à présent... ils pouvaient repartir à zéro.

Il prit la douche la plus rapide de toute sa vie et revint au bâtiment principal. Il acheta une dizaine de roses chez le petit fleuriste et une part de cheesecake à la pâtisserie, et retourna à leur chalet.

Il espérait que Maddie dormait toujours. Il avait envie de la réveiller avec ses mains, ses doigts et sa langue. Il lui donnerait ensuite le cheesecake : connaissant la jeune femme, elle serait prête à l'assommer pour attraper le gâteau. Rien ne se mettait en travers du chemin de Maddie et du sucre.

Il descendit de sa voiture, un peu raide, et gagna rapidement le chalet. Il remarqua tout de suite que le lit était vide.

— Maddie ?

Le chalet était trop silencieux. Pas de bruit de douche. Rien. Il déposa les roses et le cheesecake sur la table basse et regarda autour de lui.

— Merde.

Maddie était partie. Avec sa valise. Il jeta un coup d'œil dans la salle de bains : plus de sèche-cheveux ni de fer à friser. C'était comme si elle n'avait jamais été là.

Il jura entre ses dents de nouveau et tourna les talons. Il allait la trouver et la ramener. Il s'immobilisa, la main sur la poignée de la porte.

Deux problèmes : *primo*, il n'avait aucune idée de l'endroit où elle était. Elle ne pouvait pas être bien loin, mais il ne se voyait pas frapper à la porte de tous les chalets pour la retrouver.

Secundo, il ne savait pas pourquoi elle était partie. Il avait l'impression que ses intentions étaient claires, après la nuit qu'ils avaient passée. Il ne comprenait pas pourquoi elle avait quitté la chambre, d'autant qu'il avait déjà récupéré la clé de leur nouveau chalet, une chambre sans lit en forme de cœur ni couvertures en velours.

Même si ce lit allait lui manquer.

Chase recula et se passa la main dans les cheveux. Il lui fallait un plan pour courir après Maddie. C'était le monde à l'envers.

Il pivota et son regard tomba sur les draps froissés.

Re-merde.

Il se frotta le visage des deux mains, puis récupéra le bouquet de roses et laissa le cheesecake derrière lui. Il commença par le chalet des parents de Maddie. Ils étaient sur la terrasse où ils prenaient leur petit déjeuner, tout en parcourant un magazine sur la survie en milieu sauvage. Chase secoua la tête en réprimant un sourire. Ils étaient l'illustration parfaite du vieux couple à l'approche de la retraite.

Le père de Maddie leva le nez le premier et lui fit un grand sourire.

— Salut Chase ! Quoi de neuf ?

— Rien, répondit-il en s'accoudant à la balustrade. Bonjour madame Daniels.

Elle lui sourit en secouant la tête.

— Chéri, il est temps que tu m'appelles enfin Megan. Quelles belles fleurs ! s'exclama-t-elle, les yeux pleins d'admiration. Elles sont pour qui ?

— Une belle femme, répondit-il.

— Vraiment ?

M. Daniels se leva et lui tendit le magazine.

— Je suis bien content que tu sois passé nous voir. Pupuce et moi ne sommes pas d'accord. Tu vas pouvoir trancher.

Avant que Chase ait eu le temps de protester, M. Daniels lui mit sous le nez la photo d'un homme en veste à carreaux qui se tenait à côté d'un troupeau de vaches.

— Du bœuf bio, commenta le père de Maddie. J'essaie de faire comprendre à Megan qu'en cas d'apocalypse, les gens voudront continuer à manger de la viande.

Chase était tellement habitué à ce type de questions qu'il répondit sans sourciller.

— Je suis certain que les gens voudront manger du steak.

— Exactement ! s'écria M. Daniels. J'ai proposé de financer un troupeau et de vendre les bêtes, mais Pupuce pense que c'est une perte de temps.

— Et d'argent, ajouta Mme Daniels, en les regardant tous les deux. Je suis certaine qu'en cas de catastrophe nucléaire, personne ne pensera à manger un steak bien saignant.

Chase sourit.

— Ou en cas d'invasion de zombies.

Mme Daniels leva les mains.

— C'est exactement ce que je lui ai dit !

— Quand tu n'as pas vu la lumière du soleil pendant trois ans et que tu as mangé toutes tes feuilles de menthe, tu as envie d'un bon steak.

Elle leva les yeux au ciel.

— C'est le cadet de tes soucis, crois-moi.

— Dites-moi, intervint Chase. Comment peut-on élever une vache sans soleil ?

M. Daniels se redressa.

— Dans un bunker souterrain suffisamment grand pour avoir des champs cultivables. Il y a des bunkers de ce type dans le monde entier, plus grands que cinq terrains de football. Comme l'arche de Noé…

— Chase se contrefiche de l'arche de Noé ! Pas question non plus de vendre des kits « Construisez votre arche», protesta-t-elle en souriant à Chase. Tu n'imagines pas l'argent que ça coûte d'entreposer des trucs pareils.

— Effectivement, répondit Chase, amusé.

M. Daniels referma le magazine d'un coup sec.

— On en reparlera.

Sa femme secoua la tête en soupirant.

— Tu cherches Madison ? demanda-t-elle à Chase.

Surpris, Chase se demanda comment elle le savait.

— Eh bien, oui.

M. Daniels regagna son siège et balança le magazine sur la table.

— Tu as perdu ta coloc ?

— On dirait bien, répondit Chase.

— On ne l'a pas vue. Si j'étais toi, je chercherais du côté de Lissa, dit Mme Daniels en buvant une gorgée de thé. Elles doivent peaufiner les derniers préparatifs pour demain.

Chase les remercia et rebroussa chemin. Si Maddie était vraiment avec Lissa, il ne voulait pas la déranger. D'un autre côté…

Il regagna la réception. L'employé le regarda d'un air méfiant ; il ne voulait manifestement plus avoir affaire à lui.

— Est-ce que le chalet que vous m'avez donné ce matin était le seul disponible ? demanda Chase.

Bob baissa la tête, perplexe.

— Non, il y en avait deux. Les deux ont été libérés ce matin. (Il tapota sur son ordinateur.) Celui que je vous ai donné ne vous convient pas ?

Chase inspira profondément.

— Non, non, il est parfait. Et l'autre ?

— Pour Mademoiselle Daniels ? demanda Bob en souriant rêveusement. Elle est passée il y a une vingtaine de minutes et je lui ai donné la clé du chalet numéro 6.

Apparemment, Maddie lui avait laissé un bien meilleur souvenir que Chase.

Chase regarda l'employé comme s'il lui avait donné un violent coup de poing dans l'estomac. La colère l'envahit. Aussi irrationnel que cela puisse paraître, il était furieux et se sentait insulté. Elle le laissait tomber après la nuit qu'ils avaient passée ?

Il tourna les talons et quitta la réception sans un mot. Il balança les roses dans une poubelle en sortant.

Madison était dans un état d'esprit assez étrange, prise entre les résidus du plaisir absolu qu'elle avait éprouvé la veille et le froid mortel qui la tenaillait depuis qu'elle avait quitté le chalet. Elle n'arrivait pas à savoir si elle devrait ressentir de la joie ou de la tristesse.

De la tristesse, sans aucun doute, songea-t-elle en emballant de petites cloches blanches dans les boîtes que les invités emporteraient en souvenir. Elle pourrait au moins chérir le souvenir de cette nuit, sans se demander à quoi ça ressemblerait de coucher avec Chase. Maintenant elle savait. C'était fabuleux.

Son cœur se serra.

Elle avait failli appeler Bridget, mais elle s'était ravisée : il valait mieux lui raconter tout ça de vive voix. Elle ne voulait manquer pour rien au monde la réaction de son amie quand elle lui raconterait comment elle avait chevauché Chase pour se faire larguer le lendemain matin.

Madison leva les yeux quand une des demoiselles d'honneur déposa une tonne de pastilles à la menthe devant elles. Elle en prit immédiatement une : elle avait été trop énervée pour déjeuner et elle était affamée.

Lissa gloussa.

— Elles sont bonnes au moins ?

Madison en enfourna une autre et acquiesça.

— Mentholées. Délicieuses.

— Je pense que cet adjectif devrait être accolé au nom des frères Gamble, intervint Sasha, une des demoiselles d'honneur. Ils sont délicieux tous les trois.

Cindy, une autre demoiselle d'honneur, ricana en regardant la grande blonde voluptueuse.

— Tu n'avais pas jeté ton dévolu sur l'un d'eux, hier soir ?

— Peut-être bien, répondit Sasha avec un sourire énigmatique.

Madison était ravie de voir qu'elle n'était pas la seule à avoir passé la nuit avec un Gamble. Elle laissa tomber une cloche dans une boîte.

— Je n'arrive pas à les différencier tous les trois, dit Cindy en souriant.

— Ce n'est pourtant pas bien difficile, rétorqua Madison. Ce ne sont pas des triplés.

— Oui, mais tous les trois sont tellement sexy, bruns, les yeux bleus, et des muscles que je rêve d'enduire de chocolat pour mieux les lécher, commenta Cindy avec un regard coquin. Enfin, si je n'étais pas mariée. Bref. C'était lequel, alors ? Chase ? Chad ?

Madison sentit sa colère monter.

— Chad, répondit Sasha en rougissant. J'aurais bien aimé coucher avec Chase, aussi. Ou encore mieux, avec les trois en même temps.

Les jeunes femmes éclatèrent de rire, mais Lissa lança un regard inquiet en direction de Madison. Cette dernière affichait l'expression résolue de celle qui calculait combien de petites cloches elle pouvait fourrer dans la bouche de Sasha.

— Tu as grandi avec eux, non, Madison ? demanda Sasha, inconsciente de la bombe à retardement qu'elle était en train d'amorcer. Ils étaient toujours chez toi, il me semble. À ta place, j'aurais été incapable de me contrôler, mais, bon, pour toi ce n'est pas pareil.

Madison balança une petite cloche dans une boîte.

— Et pourquoi ça ?

— Ils te considèrent comme leur petite sœur, non ? expliqua la jeune femme. D'ailleurs, tu as bien partagé une chambre avec Chase ?

Madison rougit violemment. Tout le monde pensait donc ça ? Elle était à deux doigts de raconter avec force détails à quel point Chase ne s'était pas comporté en grand frère avec elle.

— Je ne suis pas certaine que Chase la prenne pour sa sœur, intervint Lissa avec un gentil sourire.

Madison est très proche d'eux trois, mais pour ce que j'ai pu voir…

Elle n'acheva pas sa phrase et lança un regard entendu en direction de Madison.

Sasha haussa un élégant sourcil.

— Eh bien, bravo à toi…

Après ça, les jeunes femmes ne demandèrent rien de plus à Madison sur les frères Gamble mais elles pressèrent Sasha de révéler les détails croustillants de sa nuit.

Une fois les boîtes remplies, le petit groupe se sépara afin de se préparer pour la répétition. Maddie embrassa Lissa et se dirigea vers son nouveau chalet.

Elle aurait dû être contente d'avoir une chambre à elle, mais l'endroit lui parut à la fois trop vide et trop silencieux. Elle prit un bain. Cette fois, il n'y avait aucun risque pour que Chase l'interrompe.

Elle s'enfonça dans l'eau, ferma les yeux et tenta de ne plus penser à lui. Sauf que le jeune homme hantait encore plus ses pensées que d'habitude, parce qu'elle savait maintenant comment il exprimait sa passion, quel goût il avait et ce que ça faisait de l'avoir en elle.

Impossible de tourner la page.

À son réveil, elle avait eu mal à des endroits dont elle avait oublié l'existence, et Chase n'était plus là.

Elle soupira profondément et ouvrit les yeux.

Quitter ce chalet bariolé avait été l'épreuve la plus difficile de sa vie. Une partie d'elle était toujours là-bas, même si sa décision s'était imposée d'elle-même. Elle devait à présent mettre son projet à exécution, même si cela devait choquer tout le monde.

— Je n'arrive pas à y croire !

La mère de Madison attrapa de nouveau son fils par le bras et refoula ses larmes. Mme Daniels distribuait des embrassades depuis le début du dîner de répétition et elle n'était apparemment pas près de s'arrêter.

— Mon petit garçon est un homme à présent, ajouta-t-elle.

Mitch grimaça.

— Maman…

Elle le prit dans son giron et le berça.

Madison ravala un sourire et croisa le regard de son père. Il lui fit un clin d'œil et posa une main sur son épaule.

— Qu'est-ce que ce sera quand ce sera ton tour !

Madison pâlit.

— Beurk.

Sa mère lui lança un regard noir par-dessus son épaule et finit par relâcher Mitch. Elle se tourna alors vers Lissa, qui rayonnait.

— Je sais que tu t'occuperas bien de lui, alors je m'excuse dès maintenant pour toutes les larmes que je verserai demain.

— Demain ? grommela M. Daniels. Tu es une fontaine depuis qu'il nous a annoncé son intention de se marier.

— Tais-toi, répondit sa femme en souriant.

Madison ramena derrière son oreille une mèche de cheveux égarée. Tout le monde rejoignit son groupe. Ils allaient répéter la marche nuptiale, les vœux et enfin le dîner. Et demain, son frère se marierait.

Elle le regarda avec un sourire plein de larmes.

— Je suis vraiment très heureuse pour toi. Tu seras un mari merveilleux.

Mitch la serra dans ses bras.

— Merci, petite sœur.

— Et un excellent père, le taquina-t-elle.

Il la lâcha, inquiet.

— S'il te plaît, ne commence pas à dire des choses pareilles. Je veux être tranquille quelques années avant qu'un bébé Mitch ne se mette à courir partout.

— Ou un bébé Lissa.

— Une fille ? Je ne sais pas si c'est dans mes cordes, dit-il en secouant la tête. C'était déjà suffisamment dur de tenir les garçons loin de toi.

Madison leva les yeux au ciel.

— Tu n'as jamais fait ça…

— Laisse tomber, dit-il en mettant son bras autour des épaules de sa sœur. Alors, et toi ? Quand est-ce que tu comptes te ranger, histoire que la vie de papa et maman soit parfaite ?

Les frères Gamble s'approchèrent avant même qu'elle ait eu le temps de répondre. Chase était flanqué de Chad et de Chandler. Il portait un pantalon noir et un polo, ses cheveux humides ondulaient autour de ses oreilles, ses pommettes étaient légèrement rosies et ses yeux étaient bleu acier.

Il était d'une beauté à couper le souffle.

Madison espéra que son frère n'avait pas senti qu'elle se raidissait contre lui, mais elle n'avait hélas pas eu cette chance.

Mitch gloussa, mais elle lui donna un coup de coude dans le ventre et s'échappa avant que la horde des Gamble ne les ait rejoints. Elle se dirigea tout droit vers Lissa et les autres demoiselles d'honneur. Même si elle savait qu'elle ne pourrait pas éviter complètement Chase, tant qu'elle ne se retrouvait pas en tête à tête avec lui, elle pourrait survivre à la soirée. Ou au contraire avoir le cœur brisé de façon irréversible. Il ne restait plus qu'une solution. L'idée lui faisait un mal de chien et allait détruire la partie d'elle qui croyait encore aux « tout est bien qui finit bien », mais elle n'avait pas le choix.

Chapitre 10

Elle parvint à éviter Chase pendant la quasi-totalité de la répétition, jusqu'à ce qu'ils se mettent en place pour l'entrée dans la chapelle. Elle ne s'était pas encore retrouvée seule avec lui, mais elle ne pouvait plus y échapper à présent.

Madison joua nerveusement avec une mèche de cheveux en essayant d'avoir l'air détaché, mais la présence de Chase à ses côtés lui faisait le même effet que le soleil : trop chaude pour qu'elle ne la sente pas, et trop puissante pour qu'elle ne soit pas attirée.

Elle regarda droit devant elle et fit semblant d'être absorbée par ce que Sasha disait à Chad. Une sombre histoire de menottes qu'elle aurait préféré ne pas avoir entendue. Ce qui était vraiment étrange, c'est qu'elle voyait sans la moindre hésitation Chad et Chandler comme des grands frères et quand elle surprenait ce genre de conversation, elle avait envie de vomir. Mais avec Chase, c'était très différent. Il avait toujours été différent.

— Il faut qu'on parle, dit Chase à voix basse.

Elle feignit de ne pas comprendre.

— À quel propos ?

Son froncement de sourcils lui indiqua qu'il n'était pas dupe. Il la connaissait trop bien pour ça.

— Tu sais très bien de quoi il est question.

Madison n'avait pas vraiment envie de savoir pourquoi il l'avait laissée dans le chalet, encore endormie. Et s'il comptait s'excuser, elle envisageait de le frapper. Pour de vrai.

Elle croisa les bras et se concentra sur les cheveux blond platine de Sasha.

— Nous n'avons rien à nous dire.

— Foutaises.

En entendant le grondement de Chase, Sasha se retourna à demi, l'air étonnée, mais Madison fit comme s'il n'avait pas prononcé un seul mot.

Chase se rapprocha d'elle et baissa la tête en lui prenant le coude. Elle bondit : le contact provoqua une décharge électrique inattendue qui fit courir une vive chaleur dans ses veines. Bien malgré elle, elle leva les yeux vers Chase. Ce dernier souriait d'un air suffisant.

— C'est bien ce que je pensais, commenta-t-il.

Elle ne bougea pas. Elle ne le pouvait ni ne le voulait.

— Tu pensais quoi ?

La voix du jeune homme n'était plus qu'un murmure au creux de son oreille.

— Tu fais comme si de rien n'était, mais ce n'est pas vrai.

Irritée, Madison lui lança un regard noir.

— Pardon ?

— Oh, ne fais pas semblant. Tu m'as évité toute la journée comme une poule mouillée…

— « Une poule mouillée » ? Tu…

En bout de file, la maîtresse de cérémonie s'éclaircit la voix et interrompit ce qui s'annonçait comme une tirade épique.

— Nous allons répéter l'entrée dans la chapelle, dit-elle d'un ton aussi professionnel que sa queue de cheval et son tailleur-pantalon impeccable. Quand le *Canon* de Pachelbel débutera, le premier couple s'avancera et je donnerai ensuite le signal à chaque couple.

Couple ? Madison se dégagea de l'étreinte de Chase.

Ce dernier ricana.

La musique démarra et le premier couple s'avança, bras dessus, bras dessous.

Madison lança un regard glacial à Chase.

— Tu es un abruti arrogant, poursuivit-elle comme si elle n'avait pas été coupée. Je ne suis pas aussi infatuée que tu sembles le croire.

— Dit la fille qui m'a giflé avant de crier mon nom comme…

— Tais-toi, siffla-t-elle en rougissant.

Sasha et Chad s'avancèrent. La jeune femme était cramponnée au bras de Chad comme si elle craignait qu'il ne s'enfuie en courant. Elle n'était pas si idiote finalement.

Chase offrit son bras à Madison.

— Milady ?

Elle leva les yeux au ciel. Elle envisagea de ne pas prendre son bras mais il valait mieux éviter d'attirer l'attention de tout le monde. On les regardait déjà.

Mécontente, elle plaça donc sa main au creux du bras du jeune homme.

— Pas question de parler de ce qui s'est passé la nuit dernière. C'est comme ça, dit-elle.

Il la dévisagea, interloqué.

— Je ne te comprends pas.

— Et je te rends dingue, je sais.

— Mademoiselle Daniels et monsieur Gamble, appela la maîtresse de cérémonie.

Ils s'avancèrent, la démarche très raide. Quelque chose n'allait pas, cela sautait aux yeux. Chase donnait l'impression de vouloir l'étrangler et elle avait un regard de biche aux abois. Arrivés devant l'autel, ils se séparèrent. Madison prit place près de Sasha et regarda les garçons d'honneur.

Chase la dévisageait avec une intensité qui l'agaçait et l'excitait à la fois. Trahie par son cœur et à présent par son corps, elle se contraignit à détourner le regard. La confusion la submergea comme une vague d'eau glacée. Chase ne la comprenait pas ? Ils étaient pourtant sur la même longueur d'onde : elle avait bien compris qu'il ne voulait rien de plus qu'une aventure d'une nuit. Et c'était ce qu'il avait eu.

La confusion fit place au malaise.

Une fois Lissa entrée, la répétition se déroula rapidement et sans accroc. Le dîner avait été dressé dans la salle à manger la plus proche, et alors même qu'elle mourait de faim, Madison sentit son estomac protester. Elle avait l'impression que l'air du chalet était vicié et elle était sur le point d'étouffer.

Elle s'excusa et gagna rapidement la réception puis l'arrière du bâtiment. Une fois sur la terrasse, elle inspira profondément l'air frais et parfumé, les mains crispées sur la balustrade.

Avant la répétition, elle avait gagné la limite du vignoble pour passer un coup de fil qui lui avait beaucoup coûté. Sa question avait été reçue avec choc. On lui avait promis une rencontre et une discussion quand elle serait rentrée. Elle détestait ce qu'elle avait mis en route mais elle savait que c'était la seule solution possible et elle refoula ses larmes brûlantes. C'était le premier pas dans la bonne direction, celle qui lui permettrait enfin de tourner la page de Chase Gamble.

Chase était irrité, perplexe et pour le moins furieux quand il vit Maddie quitter la pièce. Ils avaient toujours eu des prises de bec, souvent à cause d'un pauvre type avec qui elle sortait, et après la nuit au club, il y avait eu des moments de gêne entre eux. Mais ça, c'était une première.

Il serra et desserra les poings. Il voulait lui courir après, la prendre dans ses bras et l'embrasser jusqu'à ce qu'elle retrouve la raison, mais quelque chose en lui le retenait. Il ne savait pas quoi faire. Pourquoi lui en voulait-elle autant ?

Depuis qu'il avait découvert qu'elle avait quitté le chalet, il voulait la rejoindre. Il ne savait pas bien ce qu'il ferait ensuite : il était clairement dépassé par les événements.

Le cœur battant la chamade, il se rapprocha d'elle, s'appuya contre la balustrade et croisa les bras.

— Pourquoi est-ce que tu te caches ?

Elle avait les yeux fermés et les lèvres pincées.

— Chase… est-ce que cette conversation est vraiment nécessaire ?

— D'après toi ? (Un silence.) Ça ne te ressemble pas.

Elle inspira profondément, ce qui ne parut pas du meilleur augure à Chase. Elle ouvrit les yeux et il s'aperçut que ces derniers étaient humides. Il eut l'impression qu'on l'avait frappé.

— Je suis désolée d'être sur les nerfs comme ça mais je n'ai rien mangé de la journée et je deviens incontrôlable quand je suis en hypoglycémie.

— Maddie, je…

— Mais il faut qu'on parle de ce qui s'est passé entre nous, poursuivit-elle avec un sourire forcé et tordu. Tu avais raison.

Pendant un instant, il ne sut que dire, stupéfait.

— Vraiment ?

— Oui. Il fallait qu'on couche ensemble.

Finalement, cette conversation se déroulait mieux qu'il ne l'avait craint. Chase se détendit un peu, mais Madison reprit la parole et il eut alors l'impression que le monde s'écroulait autour de lui.

— Il fallait qu'on en passe par là pour tourner la page, dit-elle en regardant par-dessus son épaule, en direction du soleil couchant. Les choses sont redevenues comme avant. On est toujours amis et on peut avancer. C'est ce que tu voulais. C'est aussi ce que je veux.

Abasourdi, il décroisa lentement les bras. Le vieux dicton résonna à ses oreilles. *Méfie-toi de ce que tu souhaites, tu pourrais bien finir par l'obtenir.* Mais ce n'était pas ce qu'il avait souhaité. Il n'avait jamais eu l'intention de coucher avec elle et de tourner la page. Que se passait-il, exactement ? Qu'avait-elle imaginé ?

— Qu'est-ce que vous faites dehors ? demanda Mitch depuis le pas de la porte. On vous attend pour dîner et vous savez comment est papa. Il est sur le point de manger la nappe.

Maddie cligna furieusement des paupières et se retourna vers son frère en riant.

— On contemplait le coucher de soleil. On arrive tout de suite.

Figé sur place, Chase la vit rejoindre son frère et le prendre dans ses bras avant de disparaître dans le chalet. Il était incapable de bouger ou de comprendre ce qui venait de se passer. Pourquoi était-il si ahuri ? C'était ce qu'il lui avait proposé, ce qu'il voulait au départ. Au départ.

Putain. Il était incapable de formuler une pensée plus cohérente.

— Tout va bien, mec ? demanda Mitch en se rapprochant.

Il s'arrêta devant Chase et le regarda, suspicieux, avant d'ajouter :

— Tu n'as pas l'air dans ton assiette.

Chase cilla.

— Non, non, je vais bien.

— Vraiment ? reprit Mitch avec un regard entendu. Tu fais la même tête que Madison.

Chase se raidit. Il avait envie de tout nier en bloc mais aucun son ne franchit ses lèvres.

Plusieurs secondes s'écoulèrent. Mitch eut un demi-sourire.

— Je déteste te voir comme ça. Tu as toujours été là pour moi. Tu te souviens quand Jimmy Decker m'a volé mon vélo ?

Chase ne put s'empêcher de rire à ce souvenir inattendu.

— Ouais, je m'en souviens.

Mitch sourit.

— Tu l'as récupéré et tu l'as remplacé par un vélo dont les freins étaient cassés. Quand Jimmy a dévalé la colline…

Il se mit à glousser avant d'avoir achevé sa phrase.

— Tu es le genre de pote qui…

— … aide à enterrer le corps, je sais, compléta Chase dans un éclat de rire. Et je tiens à signaler que le coup des freins, c'était une idée de Chad.

— Ça ne me surprend pas, mais quoi qu'il en soit, tu es un super pote. Je ne sais pas ce qui se passe entre ma sœur et toi, mais n'essaie pas de nier l'évidence, parce que j'ai des yeux pour voir et que je vous connais par cœur tous les deux.

Merde.

— Je ne sais pas ce que tu comptes faire, poursuivit Mitch. À vrai dire, je ne suis pas certain de vouloir le savoir, mais tu es un mec bien, Chase. Et ma sœur est amoureuse de toi depuis toujours.

Le cœur de Chase se serra. *Ma sœur est amoureuse de toi depuis toujours.* Jusqu'à ce qu'elle lui dise que la nuit dernière était une simple parenthèse. Comme il l'avait lui-même suggéré dans un premier temps… Il pensa aux roses qui pourrissaient dans la poubelle. Et à ses projets pour baptiser le nouveau chalet.

Il s'éclaircit la voix, surpris qu'elle soit si rauque.

— Il n'y a absolument rien entre nous.

— Foutaises, répondit Mitch. Ça ne me dérange pas du tout que tu coures après ma sœur. Si c'est ma bénédiction que tu attends, sache que tu l'as, du moment que tu ne la fais pas souffrir. Est-ce que je me fais bien comprendre ? ajouta-t-il en regardant Chase droit dans les yeux.

— Parfaitement.

La voix de Chase se brisa.

Mitch posa une main sur son épaule.

— Allez, viens. Il est temps de manger, de se réjouir et d'être heureux.

Chase acquiesça, dans un état second. Il se sentait comme anesthésié. L'ironie de la situation ne lui échappait pas et était comme un immense bras d'honneur du destin. Les obstacles qui s'étaient toujours dressés entre lui et Madison n'existaient plus. Pourtant, rien n'avait changé.

Une douleur terrible lui transperça la poitrine. Il inspira mais il eut l'impression d'étouffer.

Ses jambes bougeaient mais il ne les sentait pas.

Méfie-toi de ce que tu souhaites.

Il aurait vraiment dû faire plus attention. Son souhait était exaucé et il lui pesait sur l'estomac comme une enclume de cinq kilos.

Chapitre 11

Lissa était renversante dans sa robe de mariée sans manches, avec un bustier en forme de cœur très cintré. Sa jupe lui flottait autour des jambes comme une rose sur le point d'éclore. Des perles avaient été cousues sur la délicate mousseline.

C'était une robe magnifique pour une femme magnifique, et si Madison se mariait un jour, elle voudrait une robe dans ce style : classique et moderne à la fois.

Madison ajouta la dernière perle dans les cheveux de Lissa et sourit.

— Tu es fabuleuse.

— Merci.

Lissa la prit dans ses bras et regarda tendrement leurs mères respectives, qui étaient toutes deux cramponnées à leur mouchoir, comme si on menaçait de les leur enlever.

— Tu crois qu'elles vont survivre ? demanda Lissa.

— Je l'espère, répondit Madison avec un grand sourire.

Elle recula pour laisser la place aux autres demoiselles d'honneur et se réfugia près de la fenêtre, d'où elle regarda la longue file d'invités remonter l'allée. Chad et Chandler traînaient avec des amis de fac.

Chase avait littéralement disparu de la circulation.

Depuis qu'elle lui avait dit ce qu'elle avait à lui dire, il l'évitait. Elle préférait garder ses distances, mais ça n'empêchait pas son cœur de saigner. Elle avait trop envie de lui pour se permettre de le côtoyer.

Quand Chase l'avait rejointe après la discussion sur la terrasse, il ne lui avait pas adressé la parole. Il n'avait même pas essayé de l'approcher, et il s'était éclipsé avec son frère juste après le dîner. Il avait apparemment entendu ce qu'il brûlait d'entendre et il pouvait aller en paix. Ils étaient toujours amis. Les choses étaient revenues à la normale. La nuit de passion qu'ils avaient partagée appartenait déjà au passé. Tout était fini.

La page serait définitivement tournée quand elle aurait eu une conversation avec le concierge.

Elle chassa ces pensées et se concentra sur le monde qui l'entourait. Mitch et Lissa méritaient qu'elle soit complètement investie dans leur mariage, et pas seulement l'ombre d'elle-même, se lamentant sur sa vie amoureuse désastreuse.

Quand il fut temps de se préparer pour l'entrée dans la chapelle, elle était nerveuse pour Lissa et son frère, inquiète à l'idée de voir Chase et de trébucher sur l'ourlet de sa robe.

Elle repéra ses larges épaules depuis le couloir. Elle inspira profondément, prit son courage à deux mains et se dirigea vers lui, comme toutes les autres demoiselles d'honneur qui rejoignaient leurs partenaires.

Tandis que la douce mélodie leur parvenait du hall décoré en blanc et rose, elle lui tapota l'épaule. Il se retourna, impassible, le regard bleu acier.

— Tu es prêt ? demanda-t-elle avec un sourire si grand que ses joues se mirent à brûler.

Pas question de faire quoi que ce soit qui gâche le mariage.

— Bien sûr, répondit-il en lui offrant son bras.

Elle découvrit qu'elle était blessée par la froideur de son ton. Elle combattit ce sentiment et mit sa main sur son bras.

— Tu es très belle, Maddie, dit-il au bout de quelques instants.

Une vive rougeur, assortie à la couleur de la robe d'inspiration antique qu'elle portait, se répandit sur ses joues et sur son cou. Son cœur s'emballa. Elle leva les yeux vers lui et leurs regards se croisèrent une fraction de seconde, avant qu'elle ne se détourne et ne laisse ses cheveux dissimuler son visage.

— Merci, murmura-t-elle. Toi aussi, tu es beau.

Il reçut le compliment à sa façon, en acquiesçant. Un silence gêné s'installa entre eux et il semblait incroyable à Maddie qu'il pût jamais en avoir été autrement. En toute honnêteté, elle ne comprenait pas pourquoi il lui faisait la tête. C'était quand même lui qui avait tenu à ce que leur histoire ne soit qu'une aventure d'une nuit et c'était lui qui était parti. Elle avait juste tenté de sauver un peu la face en lui faisant croire qu'elle était d'accord avec lui. Qu'est-ce qu'il voulait d'autre ?

Le cœur lourd, elle leva le menton en entendant les premières notes du *Canon*. Tous les couples entrèrent devant eux en souriant, puis ce fut leur tour. L'amour qu'elle portait aux mariés et son bonheur de les voir s'engager ensemble pour la vie surgirent du plus profond d'elle. Le sourire qui se dessina sur ses lèvres était authentique, même si son cœur était brisé.

Parce qu'après ce week-end, elle ne verrait plus Chase tous les jours comme avant. Elle tournerait la page pour laisser place à une autre femme.

Tous les bancs étaient occupés par la famille et les amis. L'église était pleine à craquer et elle fut ravie de voir que son frère et Lissa avaient autant d'amis. Cette idée compensa un peu la mélancolie qui menaçait de la submerger.

Le bras sur lequel elle s'appuyait se raidit à la moitié du parcours et elle leva les yeux vers Chase. Elle décela de la préoccupation et de l'inquiétude dans son regard.

Mais elle sourit durant toute la cérémonie, romantique à souhait. Son frère était incroyablement mignon et il bafouilla, ému, la main dans celle de Lissa, en prononçant les vœux qui les liaient jusqu'à ce que la mort les sépare. Et les larmes qui menaçaient le mascara et l'eye-liner qu'elle avait si patiemment appliqués, venaient de l'amour profond qui unissait Lissa et Mitch. Madison était émue et elle avait mal en même temps.

Les deux jeunes gens ne se quittèrent pas des yeux durant toute la cérémonie et quand le pasteur donna enfin la permission d'embrasser la mariée, elle comprit, le souffle coupé, qu'elle avait sous les yeux une parfaite illustration de l'amour.

Elle refoula ses larmes, cramponnée à son bouquet de roses blanches.

Les invités se levèrent et applaudirent. Elle se mit à pleurer et étouffa un rire quand Mitch passa le bras autour de la taille de sa nouvelle épouse, la renversa et l'embrassa de façon à faire rougir toute la famille.

Après leur fougueux baiser, Lissa et Mitch se regardèrent en souriant. Madison croisa le regard de Chase. Un monde de secrets était dissimulé dans ses yeux, un monde dont elle ne ferait jamais partie. Elle en avait eu un bref aperçu et elle en savourerait à jamais le goût délicieux.

Le bruit des couverts était quasiment masqué par celui des conversations et des rires en provenance de la table principale et de celles qui l'entouraient.

Chase s'esclaffa à une plaisanterie de Chad, tout en laissant son regard errer sur la foule des invités. Ses yeux s'arrêtèrent sur l'une d'eux.

Maddie.

Elle était sublime. Le rouge de sa robe faisait ressortir son teint éclatant et sa chevelure sombre. Le tissu moulait parfaitement sa silhouette, provoquant, dans une certaine partie de l'anatomie de Chase, une réaction incontrôlable. Une partie qui était sollicitée depuis la première fois qu'il avait posé les yeux sur elle au début du week-end.

Il mourait d'envie de l'emmener à l'abri des regards pour caresser le décolleté en forme de cœur. Il voulait voir ses tétons se dresser sous la chaleur de son regard et la sentir trembler quand ses mains se glisseraient sous sa robe.

Chase s'agita sur sa chaise tout en la contemplant sous ses paupières lourdes.

Un petit sourire traversa le visage finement ciselé de Madison et son regard brilla à la lumière des bougies, mais il savait que quelque chose n'allait pas. Il aurait voulu comprendre à quel moment tout avait dérapé. Il aurait été prêt à jurer quand il s'était réveillé ce matin-là qu'ils étaient enfin sur la même longueur d'onde.

Il avait mal au ventre. Il avait essayé de se convaincre qu'il avait un ulcère, pour mieux faire passer la pilule.

Il s'était tourné et retourné toute la nuit, comme s'il avait avalé des litres de café. Les paroles de Maddie le hantaient. Il les avait passées et repassées dans sa mémoire comme une adolescente énamourée. Il était vraiment tombé bien bas.

Chase s'appuya sur le dossier de sa chaise, et joua négligemment avec le pied de sa flûte à champagne.

Il n'aimait pas la tournure qu'avaient prise les événements. Il éprouva une certaine nervosité à l'idée d'accorder à Maddie l'espace dont elle avait manifestement besoin.

Il se sentait très mal, et il ne savait pas s'il était malade ou si c'était psychologique. Il avait passé la journée à se convaincre que tout s'arrangerait à son retour : il aurait suffisamment à faire pour ne plus penser à tout ça. Il pourrait se plonger à corps perdu dans ses clubs ; il fallait s'occuper des plans du quatrième. Et puis il y avait toujours les femmes.

Son estomac se contracta de façon très déplaisante à cette idée.

Il regarda de nouveau en direction de Maddie, assise à côté de ses parents. *Merde.* Il fallait vraiment qu'il arrête de la regarder avec des yeux de chien battu parce que quelqu'un allait finir par dire quelque chose. Les gens avaient déjà commencé à le remarquer, y compris Mitch.

Contre son gré et son bon sens, il la dévisagea de nouveau, et lui enjoignit silencieusement de lever les yeux vers lui. Il voulait qu'elle le remarque.

Et c'est ce qu'elle fit.

Chase en eut le souffle coupé, et il ne s'aperçut même pas que Mitch s'était levé pour porter un toast à son épouse. Il n'entendait rien d'autre que les battements sourds de son propre cœur. Il suffisait que Madison le regarde et son corps s'embrasait. Il était dur comme de l'acier. C'était complètement ridicule. Ah, pourquoi se le cacher ? C'était plus que ça. Une réaction physique instantanée et qui durait.

— À nous ! s'exclama Mitch en levant sa flûte de champagne. À notre avenir !

Madison leva son verre, sans détacher son regard de celui de Chase. Ses lèvres bougèrent et dirent la même chose que lui.

— À notre avenir.

Chapitre 12

Chase se réveilla en nage le dimanche matin. Soit il avait chopé la peste, soit il évacuait la pollution et le brouillard de Washington.

Ou alors c'était une maladie complètement différente, et qui portait un nom.

Maddie.

Il roula sur le côté et ouvrit les yeux dans la lumière du soleil qui traversait les persiennes. Après avoir consulté le réveil, il se rendit compte qu'il n'avait pas le temps de traîner au lit. Mitch et Lissa n'allaient pas tarder à partir pour leur lune de miel aux Bahamas, et Chase tenait à leur dire au revoir.

Il avait une autre motivation, secrète celle-là.

Il voulait voir Maddie et avoir une explication avec elle avant qu'elle ne regagne Washington. Il fallait qu'ils parlent et comme le mariage était terminé, c'était l'occasion ou jamais. Pas de distractions. Pas de famille ou d'amis curieux. Pas d'issue de secours pour elle.

Il rejeta les draps qui s'étaient entortillés autour de ses hanches, se leva et s'étira. Il lui avait fallu y réfléchir toute la nuit, mais il avait fini par comprendre pourquoi elle le fuyait. Elle prétendait vouloir une simple amitié mais il n'y croyait pas. Dans ce cas, elle n'aurait pas été aussi offensée quand il lui avait proposé de coucher avec lui et elle ne l'aurait pas suivi comme son ombre ces dernières années.

Non, elle mentait. Elle mentait pour se protéger et il comprenait parfaitement cette attitude. Après tout, il n'avait rien fait pour lui prouver qu'il s'était finalement rendu compte qu'il ne ressemblait pas à son père. Elle avait eu raison, comme toujours. C'était déjà le cas le soir de l'ouverture du club.

Il ouvrit le jet brûlant de la douche et jura. Au souvenir de Maddie, à croquer dans sa petite robe noire, le regard innocent, il banda.

Il avait eu envie d'elle ce soir-là, et il était passé à deux doigts de la prendre sur le canapé de son bureau. Mitch n'était pas le seul obstacle au passage à l'acte. Maddie méritait mieux que ça. Mais après avoir reculé et repris ses esprits, il avait été atterré par ce qu'il avait failli faire. Le jour suivant, comme un crétin avec des intentions honorables, il lui avait fait des excuses en mettant son comportement sur le compte de l'alcool.

Il avait ensuite mis un point d'honneur à sortir avec des femmes qui ne ressemblaient pas à Maddie, histoire de l'oublier une bonne fois pour toutes. Il s'était forcé à croire que son désir de la voir quotidiennement était fraternel, alors qu'en fait – et il l'admettait enfin – il avait besoin d'être près d'elle.

Il plaça les mains sur le carrelage de la douche et renversa la tête, les yeux fermés. Au fond de lui, il avait toujours su à quel point elle comptait pour lui, et que ses sentiments allaient bien au-delà d'une simple affection. C'était l'amour avec un grand A, mais il n'avait jamais pu l'accepter, ni même osé l'envisager.

À présent qu'il acceptait de regarder les choses en face, il n'était pas question de la perdre.

Douché, habillé, et résolu, il se dirigea vers le grand chalet, où il retrouva, sans surprise, ses frères et la plus grande partie de la famille Daniels.

Mitch et Lissa faisaient leurs adieux en feignant de ne pas entendre les commentaires graveleux des frères de Chase. Ce dernier chercha en vain dans la foule le visage qu'il voulait voir par-dessus tout.

Il se tourna vers M. Daniels, perplexe.

— Où est Maddie ?

— Elle vient de partir, répondit-il en regardant Lissa rire pendant que Mitch la faisait tourbillonner. Elle a dit au revoir et elle est repartie pour Washington.

Chase sentit l'acide ronger son estomac. Maddie ne serait jamais partie sans lui dire au revoir. Jamais. C'est pourtant ce qu'elle avait fait. Elle était partie.

Elle l'avait laissé en plan.

Il ne le permettrait pas.

Chase n'avait pas perdu une seconde après le départ des nouveaux mariés pour l'aéroport ; il avait sauté dans sa voiture à la poursuite de sa petite sorcière. Il n'aurait pas dû mettre plus d'une heure pour rentrer à Washington mais la chance n'avait pas été de son côté.

Un accident sur l'autoroute l'avait retardé de trois quarts d'heure, deux voies menant au périphérique étaient fermées et il y avait un accident sur le pont. Il avait fini par se garer dans le parking derrière le complexe immobilier où vivait Maddie et avait gagné l'entrée à toute allure. Elle pouvait bien le fuir, elle pouvait se cacher, mais elle ne pouvait pas échapper à la vérité : ils ne pouvaient pas être amis.

Ce n'était pas assez. Ce ne serait jamais assez.

Maddie occupait un des plus petits appartements dans les étages inférieurs et comme il était trop impatient pour attendre l'ascenseur, il gravit comme un dératé les marches de l'escalier.

Il ne se remettait pas de la fuite à l'anglaise de Maddie. Celle qu'il connaissait n'aurait jamais fait ça. Elle serait restée pour lui crier dessus. Elle l'aurait insulté. Elle l'aurait même giflé. Mais elle n'aurait jamais fui, à moins d'éprouver plus de peur que de colère.

Le cœur battant à tout rompre, il ouvrit à la volée la porte donnant sur le troisième étage et manqua de renverser un jeune couple promenant un roquet.

— Désolé, marmonna-t-il en les contournant.

Il atteignit la porte de Maddie sur laquelle il tambourina comme un flic enragé.

— Maddie ? C'est Chase.

Pas de réponse.

Il sentit la colère l'envahir. Il frappa de nouveau à la porte et envisagea sérieusement de la défoncer à coups de pieds. Maddie n'apprécierait sans doute pas la plaisanterie.

De l'autre côté du couloir, la porte d'un appartement à louer s'ouvrit. Le concierge, vêtu d'un bleu de travail couvert de peinture, en sortit.

— Tout va bien, monsieur Gamble ? demanda-t-il en s'essuyant les mains sur un chiffon.

Chase se rendit compte qu'il avait vraiment l'air d'un demeuré à frapper comme ça sur la porte de la jeune femme. Il baissa le poing et s'éclaircit la voix.

— Je cherche Maddie.

Le concierge sourit avec affection.

— Mademoiselle Daniels n'est pas là. Elle avait rendez-vous avec un agent immobilier pour visiter des maisons de l'autre côté de la rivière.

Le cœur de Chase s'arrêta.

— Un agent immobilier ?

— Oui, acquiesça l'autre homme. Elle m'a appelé hier pour m'informer de sa décision de déménager. Elle m'a dit qu'elle voulait quitter la ville. Ça m'a fait de la peine d'entendre ça, parce que c'est vraiment une chouette locataire. Mais comme elle voulait faire vite, je l'ai mise en contact avec un agent immobilier qui travaille régulièrement avec nous.

Tout ça n'avait aucun sens. Il ne voulait pas croire à ce qu'il venait d'apprendre. Maddie adorait vivre en ville et appréciait de ne pas avoir beaucoup de trajet pour aller travailler. Elle ne partirait sous aucun prétexte. À moins que…

L'incrédulité laissa soudain place à une souffrance si intense qu'il se demanda comment il parvenait à ne pas s'effondrer sous les yeux du concierge. Il comprit, de manière douloureusement viscérale, que Maddie n'avait pas fui pour l'éviter.

Elle était résolue à disparaître de sa vie pour toujours.

Le lundi matin, Madison, assise à son bureau, épluchait les innombrables mails qu'elle avait reçus pendant son absence. Rien n'était urgentissime mais elle ouvrit le premier et commença à répondre consciencieusement.

Elle leva les yeux, incapable de dire combien de temps s'était écoulé, quand Bridget déposa un café au lait fumant sur son bureau.

—Merci, dit-elle en souriant. J'en ai bien besoin.

—Ça se voit, répondit Bridget en s'asseyant sur le coin du bureau, une tasse à la main.

Elle se mit à jouer avec les stylos de Madison, s'apprêtant sans doute à les ranger par couleur, les bleus d'un côté, les noirs de l'autre. Puis elle ajouta :

—On dirait que tu n'as pas dormi de la semaine.

Madison grimaça en lissant sa queue de cheval. Elle avait déjà raconté à Bridget ce qui s'était passé pendant le mariage et la façon dont elle envisageait son avenir.

— J'ai vu l'agent immobilier hier, et on a visité des maisons en Virginie.

Elle s'arrêta : ces mots étaient tellement difficiles à prononcer.

— Je suis rentrée très tard, ajouta-t-elle.

Et elle n'avait pas très bien dormi. Elle adorait son appartement, elle adorait cette ville, mais il fallait qu'elle change d'air. Il n'était pas question de rester près de Chase et de risquer de tomber sur une de ses nombreuses conquêtes. Elle en mourrait.

— Je n'arrive pas à croire que tu déménages, répondit Bridget en secouant la tête.

Madison haussa les épaules en suivant négligemment du doigt une griffure dans le bois de son bureau.

— Je pense qu'il est temps de passer à autre chose.

— Et ça n'a rien à voir avec l'homme qui loge dans le même immeuble ? demanda Bridget, dubitative. Ni avec le fait que tu as couché avec lui ce week-end ?

Madison rougit sans répondre.

— Je sais que c'est dur de le voir, reprit Bridget, mais de là à déménager ? Je ne suis pas certaine que ce soit la solution, ajouta-t-elle dans un soupir.

Madison n'en était pas sûre non plus mais elle ne reviendrait pas sur sa décision.

— J'ai besoin de repartir à zéro, Bridget. Et la seule façon d'y parvenir est de m'éloigner de lui le plus possible. Si je continue à le voir tout le temps, je ne pourrai jamais tourner la page.

Bridget lui lança un regard compatissant.

— Et que feras-tu lors des repas de famille ?

— À part espérer qu'il ne vienne pas ? Faire avec, lâcha-t-elle après une gorgée de café. Si je ne le vois pas tous les jours, ce ne sera pas si difficile.

— Tu sais que certains sont encore plus amoureux quand l'objet de leur affection ne les aime pas en retour.

— Ceux-là méritent d'être abattus, rétorqua Madison en posant sa tasse et en jouant avec la souris de son ordinateur. C'est un peu radical, je sais, mais je dois le faire.

Comme elle l'avait expliqué à Bridget, elle ne guérirait jamais si elle devait continuer à le voir tout le temps et à entendre le récit de ses exploits, voire à y assister occasionnellement. Elle faisait le bon choix en déménageant.

Elle ne regrettait pas ce qui s'était passé pendant le mariage. Elle chérirait le souvenir de cette nuit pendant longtemps, voire même pendant toute sa vie. Et peut-être qu'elle finirait par rencontrer un homme qui éveillerait en elle une telle passion. À cette pensée, son cœur se serra et sa gorge se noua : elle ne pouvait pas forcer Chase à l'aimer.

— Ça a été un beau mariage, au moins, commenta Bridget en retournant au bureau qu'elle occupait dans la même pièce que Madison.

— Un mariage qui restera dans les annales, acquiesça la jeune femme.

— Carrément ? demanda Bridget en riant, tandis que Madison revenait à ses mails. Tu n'as pas l'impression d'exagérer un… Oh putain.

Madison leva la tête vers son amie, perplexe.

— Qu'est-ce qu'il y a ?

Bridget ouvrait de grands yeux.

— Regarde.

Intriguée, Madison suivit des yeux le regard de la jeune femme.

— Mon Dieu ! s'exclama-t-elle, stupéfaite.

De l'autre côté des baies vitrées qui entouraient le bureau de Madison, une tête brune qui surmontait de larges épaules se dirigeait droit vers elle.

Chase.

Qu'est-ce qu'il faisait là ? Elle n'eut pas le temps de réfléchir à une éventuelle réponse. La porte s'ouvrit à toute volée et il se planta devant elle, grand, sombre, sexy en diable et manifestement furieux.

Madison se redressa mais ses genoux refusèrent de la porter.

— Chase, qu'est-ce que tu fais là ?

Le regard qu'il posa sur elle était brûlant.

— Il faut qu'on parle.

— Euh… maintenant ? demanda-t-elle en jetant autour d'elle un regard impuissant. Je pense que ça…

— Ça ne peut pas attendre, non, gronda-t-il. Il faut qu'on parle. Tout de suite.

Bridget se redressa.

— Je vous laisse. Je suis certaine qu'il y a plein de bureaux à ranger ailleurs.

Madison était déjà debout. Elle lissa le devant de sa jupe en coton. Derrière Chase, ses collègues de travail regardaient ce qui se passait à travers la vitre. La situation devenait embarrassante.

— Non, tu n'as pas besoin de partir. Chase et moi allons…

Chase ne lui laissa pas le temps de finir sa phrase. Il s'approcha, prit son visage entre ses mains et l'embrassa. Madison se figea, abasourdie, la bouche close. Les lèvres de Chase se firent gentiment caressantes et la jeune femme s'abandonna tout entière à son étreinte avant de répondre à son baiser.

Il la serra contre lui et la souleva un peu. Il l'embrassa avec toute la passion et le désir ardent que Madison avait ressentis pendant des années. Ses mains tremblaient et la jeune femme sentit se fracasser les murs qu'elle venait d'ériger autour de son cœur.

Il finit par reculer, sans la lâcher.

— Pourquoi ce baiser ? demanda-t-elle.

— Désolé, je ne pouvais plus tenir, répondit-il avec un sourire en coin.

— Eh ben, quel spectacle ! Il me faut du pop-corn, commenta Bridget à mi-voix.

Madison rougit de la tête aux pieds. Elle avait oublié la présence de son amie, et celle de tous ses collègues. Elle se dégagea de l'étreinte de Chase et secoua la tête.

— Chase...

— Laisse-moi parler d'abord, d'accord ? Avant que tu tournes les talons ou que tu me cries dessus.

— Je...

— Maddie, prévint-il, le regard brillant.

— Laisse parler l'homme, suggéra Bridget en se rasseyant, les bras croisés. Je suis très curieuse de l'entendre.

Madison lui lança un regard meurtrier, mais son amie ne broncha pas. Chase non plus.

— D'accord, capitula-t-elle.

Chase inspira profondément.

— Il n'y a pas trente-six façons de te dire ce que j'ai à te dire. Je me suis comporté comme un idiot. Pire, comme un crétin. J'ai été dégueulasse avec toi. Plusieurs fois.

Madison le regarda, bouche bée.

— J'ai essayé de faire ce que je croyais le mieux en refusant de sortir avec toi. Je ne voulais pas trahir la confiance de Mitch. Je ne voulais pas perdre ton amitié, parce que tu occupes une place très importante dans ma vie, dit-il en inspirant de nouveau. Et je ne voulais pas ressembler à mon père et te traiter comme il a traité ma mère. C'était débile, je m'en rends compte à présent. Chad avait raison. Père n'a jamais aimé maman, mais notre situation n'a rien à voir avec la leur.

Il ne l'avait pas quittée des yeux pendant toute sa tirade. Madison ouvrit la bouche pour répondre mais il l'en empêcha.

— J'ai merdé royalement. Cette nuit-là, dans mon bureau… je n'étais pas ivre.

Madison se balança sur ses pieds, gênée.

— Je sais.

— C'était un prétexte pathétique, et je m'en excuse. Cette nuit-là, j'aurais dû te dire ce que je ressentais. Et te le répéter toutes les nuits qui ont suivi, ajouta-t-il en faisant un pas vers elle. Et te le dire encore dans le chalet.

Le cœur de Madison se mit à battre la chamade, pris dans un maelström d'émotions. Cette conversation lui paraissait surréaliste. Les larmes lui montèrent aux yeux et elle s'agrippa à son bureau.

— Et qu'est-ce que tu ressens ?

Chase sourit largement, ce qui fit apparaître les fossettes qu'elle aimait tant.

— Maddie, je ne suis pas doué pour ce genre de choses, répondit-il d'une voix rauque. Tu es toute ma vie. Tu l'as toujours été, aussi loin que je me souvienne.

Bridget soupira et Madison mit une main tremblante devant sa bouche.

Chase s'avança, plaça la main sur la sienne et dégagea gentiment la bouche de la jeune femme.

— C'est la vérité. Tu es tout pour moi. Je t'aime. Je t'aime depuis plus longtemps que je ne le pensais.

S'il te plaît, dis-moi que mon entêtement n'a pas tout gâché.

Madison resta immobile quelques secondes, en apnée, le temps pour les paroles de Chase de se frayer un chemin autour de son cœur, de la même manière que les doigts fermes du jeune homme étaient entrelacés aux siens. Puis elle se jeta à son cou et l'embrassa.

Il lui rendit son baiser avec une fougue désespérée en l'étreignant de toutes ses forces. Madison sentait la chaleur de son corps contre ses seins et son érection contre son ventre. Elle était émerveillée par son excitation, par sa passion – même si le lieu était mal choisi – parce qu'elle avait attendu ce moment-là toute sa vie.

Il l'aimait. Une boule se forma dans sa gorge. Elle se rendit à peine compte que Bridget s'était éclipsée de bureau en douce.

— J'ai envie de toi, murmura-t-il contre sa bouche.

— Vraiment ? demanda-t-elle, le souffle court.

Chase acquiesça.

— Tu es la femme de ma vie. Tu l'as toujours été. Et je te jure que je ne t'infligerai jamais ce que mon père a fait à ma mère. Je ne peux pas. Je ne lui ressemble pas.

Madison refoula ses larmes. Elle prit Chase dans ses bras et huma son odeur.

— Je t'aime tellement, Chase.

Il rit, soulagé et heureux, et elle se blottit plus étroitement contre lui, cœur contre cœur.

— Je pense que je vais me faire porter pâle pour la journée, lui murmura-t-elle à l'oreille. Il y a quelque chose que j'ai vraiment envie de faire.

— Je suis entièrement d'accord, répondit Chase, d'un ton plein de désir, mais…

— Mais quoi ? demanda Madison, perplexe.

— Mais après, il faut qu'on aille voir tes parents, annonça-t-il avec un grand sourire.

— Ah bon ?

Elle sourit et, un peu étourdie, mit ses mains autour du cou de Chase avant d'ajouter :

— J'ai peur de demander pourquoi.

— Il faut leur annoncer la grande nouvelle en personne, parce que nous…

Il l'embrassa de nouveau. Sa langue caressa la sienne et Madison gémit. Il l'embrassa comme ça jusqu'à ce que la jeune femme sente ses orteils se recroqueviller et son cœur s'emballer.

Elle ne se lasserait jamais d'embrasser Chase. De l'aimer.

Il rompit le baiser et esquissa un sourire, lèvres contre lèvres.

— Nous, c'est pour toujours.

Découvrez la suite de la série
Les Frères Gamble dans :

PAPARAZZIS ET QUIPROQUOS
(version non corrigée)

Également disponible chez Milady Romance

Traduit de l'anglais (États-Unis) par Claire Allouch

Chapitre premier

Alors qu'elle contemplait l'ancien abattoir, Bridget Rodgers ne pouvait s'empêcher de penser au film *Hostel*. À en croire son amie, la boîte de nuit *Cuir & Dentelles*, où on ne pouvait entrer que sur invitation, était *le* lieu à la mode, au centre de toutes les conversations. Mais en remarquant les fenêtres condamnées et les murs couverts de graffitis – sans doute des signes de reconnaissance de gangs maffieux – dans l'éclairage sinistre d'un lampadaire à l'ampoule moribonde, Bridget imaginait plutôt que les clients devaient finir dans le fichier des personnes disparues, voire dans les colonnes des faits divers.

— Je me demande ce qui m'a pris d'accepter de te suivre ici, Shell. Nous allons probablement tomber entre les griffes d'un riche pervers avant minuit.

Bridget rajusta sa lourde ceinture de cuir, qu'elle portait sur une robe. L'accessoire était violet, évidemment, et la robe en mailles, d'un rouge profond. Son allure était certes un peu exubérante, mais au moins la police n'aurait aucune difficulté à identifier son corps, plus tard.

Shell lui lança un regard ironique.

— Tu n'imagines même pas ce que j'ai dû faire pour décrocher une invitation, déclara-t-elle en agitant un bristol de la taille d'une carte de visite sous le nez de son amie. Nous allons nous éclater, et faire quelque chose qui sort de l'ordinaire. Au diable les vieux rades du coin !

Avec tout le battage qu'on faisait autour du *Cuir & Dentelles*, on aurait pu s'attendre à ce qu'il soit situé ailleurs que dans le Foggy Bottom, un quartier ouvrier de Washington bien connu pour son atmosphère malsaine où se mêlaient le brouillard et les fumées d'usine. Entre son aspect sinistre, délabré, et la brume qui se levait chaque nuit, on avait peine à croire que l'endroit accueillait les riches et les puissants de la capitale.

La boîte était devenue une véritable légende urbaine, sans doute en partie à cause de son nom. *Cuir & Dentelles*... franchement ! Qui pouvait bien penser que c'était une bonne idée ? On prétendait même qu'il s'agissait d'un club échangiste. Un lieu de rencontre, comme Internet, mais en plus branché sexe. Mais Bridget n'en croyait rien. Et si c'était le cas, eh bien… En réalité, le sexe était la cerise sur le gâteau de toutes les boîtes de nuit et les bars, d'une façon ou d'une autre. C'était bien la raison pour laquelle la moitié des célibataires sortaient le week-end.

En tout cas, c'était sa motivation, à elle.

— Allez, arrête de faire la gueule, l'enjoignit Shell. Un peu de rigolade et de nouveauté ne peuvent pas te faire de mal. Tu as besoin de te détendre.

— De rentrer bourrée…

— Ou accompagnée, avec un peu de chance ! conclut Shell avec un sourire coquin.

Bridget éclata de rire, projetant dans l'air froid de petits nuages de vapeur.

— Ça ne réglera pas mes problèmes.

— C'est exact, mais ça te permettra au moins de ne plus y penser.

En effet, elle avait besoin de se défouler une bonne fois pour toutes. Bien qu'elle adore son travail, et que l'idée de devoir en chercher un autre lui donne envie d'aller se cacher dans un coin pour pleurer, il ne suffisait pas à payer ses factures – ou plus précisément les traites de son prêt étudiant. Une fois celles-ci réglées, Bridget connaissait des fins de mois difficiles. Elle en était venue à détester voir un numéro en 08 s'afficher sur l'écran de son téléphone.

La banque n'était qu'un affreux rapace.

Elle soupira en regardant de nouveau le bâtiment. C'était bien la signature d'un gang sur le mur.

— Alors, comment tu as fait pour décrocher cette invitation ?

— Ce n'est pas aussi compliqué qu'on pourrait le croire, rétorqua Shell en contemplant le carton, les sourcils froncés.

— Très bien, déclara Bridget, en haussant les épaules.

Elle se tourna vers Shell, qui frissonnait, toute fluette dans sa mini-jupe noire ultra-moulante. Bridget sourit : cela avait parfois du bon, d'être un peu « enrobée ». Il faisait froid en ce début d'octobre, mais elle ne grelottait pas. Elle reprit :

— Si c'est nul, ou si quelqu'un essaie de m'arracher un œil, on part *illico*.

— Marché conclu ! acquiesça Shell avec sérieux.

Le bruit de leurs talons résonnait sur le macadam défoncé alors qu'elles se hâtaient vers l'entrée.

Quand elles furent visibles par la minuscule fenêtre carrée de la porte, le battant s'entrouvrit brusquement, révélant un homme à la carrure de catcheur, vêtu d'un tee-shirt noir.

— Invitation ! aboya-t-il.

Shell s'avança, tendant son carton. Le physio s'en saisit, le parcourut rapidement, puis demanda leurs cartes d'identité, qu'il examina avant de les leur restituer. La porte s'ouvrit en grand : elles avaient les relations et l'âge requis pour entrer.

Sachant qu'elles s'acheminaient toutes deux vers leurs vingt-sept ans, il était difficile de les soupçonner d'être mineures. (Soupir. Parfois, ça craint de vieillir.)

L'entrée de la boîte était constituée d'un étroit couloir éclairé par une rangée de spots. Les murs et le plafond étaient peints en noir. Bridget avait l'impression que son âme étouffait devant ce manque de couleur et d'éclat.

Elles arrivèrent devant une deuxième porte, qui s'ouvrit à son tour, révélant une autre armoire à glace… également vêtue d'un tee-shirt noir. Apparemment c'était l'esprit du lieu. Shell ne put retenir un petit couinement en passant à côté du second physio. Elle le gratifia d'un long regard, qu'il lui rendit au centuple.

À première vue, l'endroit était impressionnant. La personne qui s'était chargée de la décoration avait fait du bon travail. On n'aurait jamais cru être dans un ancien abattoir.

La lumière était tamisée, mais pas au point de masquer les défauts qui marquent inévitablement les visages à trois heures du matin. Hélas, les filles n'ont pas le droit à l'erreur… De grandes tables entouraient une piste de danse surélevée. Ça devait être délicat d'y monter ou d'en descendre avec un coup dans le nez, mais cela n'empêchait pas les gens de s'y agglutiner. D'immenses canapés étaient disposés le long des murs couleur rouge sang. Un escalier en colimaçon menait à l'étage, mais des physio en interdisaient l'accès.

D'après ce que Bridget pouvait en deviner de là où elle se trouvait, le niveau supérieur semblait constitué d'alcôves privatives. Elle aurait mis sa main à couper qu'il se passait de drôles de choses dans ces recoins obscurs.

Derrière l'escalier s'étendait un vaste bar où s'activaient huit employés. Elle n'avait encore jamais vu autant de barmen s'activer en même temps. Quatre hommes, quatre femmes, tout de noir vêtus, préparant des cocktails et bavardant avec les clients.

L'endroit était animé, sans toutefois être surpeuplé contrairement à la plupart des boîtes de la ville. Et à la place de l'habituelle odeur de tabac froid, de bière et de transpiration, il flottait dans l'air un parfum de trèfle.

Un endroit qui valait décidément le coup d'œil.

Shell se tourna vers elle, serrant sa pochette de soirée dans une main.

— Tu vas vivre une nuit inoubliable. Crois-moi.

Bridget sourit.

Chad Gamble vida encore une fois son verre à liqueur d'un trait. L'alcool lui fit venir les larmes aux yeux, mais il descendait d'une longue lignée de buveurs et il lui aurait fallu au moins un tonneau entier de cette saloperie pour être soûl.

Vu les femmes qui peuplaient l'établissement, Chad songea qu'il ferait mieux de rentrer seul – et bourré – que mal accompagné. Pas une seule fille digne de ce nom. Certes, quelques belles plantes leur avaient fait des avances, à lui et à son ami Tony.

Mais Chad n'était pas intéressé.

Et Tony commençait à les lui briser menu.

— Eh mec, faut que tu te calmes. On te voit tout le temps dans les journaux, et le Club va te tomber dessus comme c'est pas permis.

Chad se contenta de grogner en se penchant vers Jim, le barman. Il n'était pas certain que l'employé s'appelle vraiment comme ça, mais ça faisait maintenant deux ans qu'il s'adressait ainsi à lui, et on ne l'avait jamais repris, alors…

— La même chose ? demanda Jim.

Après un coup d'œil à Tony, Chad soupira :

— Mets-m'en un double.

Le barman s'esclaffa en attrapant la bouteille de vodka.

— Je ne peux m'empêcher d'être d'accord avec Tony, admit-il. Signer avec les New York Yankees, ça vous ferait passer pour un traître aux yeux de la moitié du globe.

Chad poussa un soupir excédé.

— À moins que les gens comprennent au contraire que je suis intelligent et que j'ai un plan de carrière !

— Ou plutôt que ton agent est un salopard qui ne pense qu'au fric ! rétorqua Tony en martelant le comptoir du bout des doigts. On sait tous les deux que les Washington Nationals te paient largement assez.

Jim ricana.

Dire que les Nationals le payaient assez était un euphémisme. Quand l'heure de la retraite sonnerait, il serait définitivement à l'abri du besoin. Bon sang, il avait déjà de l'argent à ne plus savoir qu'en faire, mais à trente ans, il pouvait encore compter sur six bonnes années de base-ball, peut-être davantage. Il était dans la force de l'âge. Il avait tout pour réussir : un talent hors du commun, une immense puissance, une précision parfaite, de l'expérience, et comme disait son agent, un visage qui faisait affluer le public féminin dans les stades pour la première fois.

Mais le problème des Nationals, ce n'était pas l'argent, ni les propositions de transfert qui pleuvaient. Leur problème, c'était Chad lui-même, ou plutôt « sa vie de débauché », comme on pouvait le lire dans la presse people. À en croire les pages mondaines du *Washington Post*, Chad multipliait les conquêtes. Si seulement c'était vrai… Malheureusement, il avait eu tellement d'aventures que les gens étaient prêts à avaler tout ce qu'on racontait sur lui. Il était aussi célèbre pour ses exploits dans les stades que pour ses heureux succès auprès de la gent féminine.

Mais quand les fans se mettent à s'intéresser davantage aux frasques de leur idole qu'aux performances de son équipe, c'est mauvais signe.

Les Nationals avaient envie que Chad reste parmi eux, ce qu'il souhaitait aussi. Il aimait cette ville, les joueurs et les entraîneurs. Toute sa vie était ici : ses frères et la famille Daniels, qui l'avait élevé. En quittant Washington, il s'éloignerait des siens. Mais le Club exigeait qu'il soit « plus stable ».

Plus stable ! C'était vraiment le prendre pour un gamin ! Ce qui allait être « stable », c'était son cul – particulièrement convoité – sur ce tabouret de bar.

Chad siffla son verre et le reposa violemment sur le comptoir.

— Je ne pars pas, Tony. Tu le sais très bien.

— Si tu le dis… Mais que se passera-t-il si les Nationals refusent de signer un nouveau contrat avec toi ?

— Aucune chance.

Tony secoua la tête d'un air de doute.

— Il ne te reste plus qu'à prier pour qu'ils n'apprennent pas ce que tu as fait mercredi dans cette chambre d'hôtel.

Chad éclata de rire.

— Eh, mec, tu étais avec moi ! Tu sais très bien qu'il ne s'est rien passé.

Tony ricana.

— Et qui va-t-on croire, si ces trois dames prétendent le contraire ? Oui, je sais, elles ne méritent sans doute pas cette appellation, mais avec ta réputation, le Club est prêt à avaler n'importe quoi. Tu as intérêt à faire profil bas.

— « Profil bas » ? se gaussa Chad. On dirait que tu n'as pas compris. Ce n'est pas ça qu'ils veulent. Ils exigent simplement que je devienne plus stable.

— Bordel, grommela Tony. Enfin, ce n'est pas comme s'ils te demandaient de te marier.

Chad lui lança un regard en coin.

— En fait, ce qu'ils veulent, c'est que je me dégote « une chic fille », et que je ne mette plus les pieds en boîte…

— Dans ce genre de boîtes ? s'esclaffa Tony.

— Exactement. Il faut que je change d'image, même si je ne sais pas vraiment ce qu'est mon image au juste.

Tony haussa les épaules.

— Tu es un coureur, Chad. C'est ça que tu dois changer.

Chad aurait voulu répondre, mais il ne trouva rien à dire. La stabilité ne faisait pas partie du vocabulaire des frères Gamble…

Son frère Chase ne comptait plus. Le traître. Chad adorait Maddie, sa future belle-sœur, et elle faisait beaucoup de bien à Chase, mais ni lui ni Chandler, le troisième frère, n'étaient prêts à se laisser passer la corde au cou par une femme.

— Et si tu me réponds : « Tu peux toujours courir », je t'en colle une.

— Tu es en manque, ou quoi ? rétorqua Chad dans un éclat de rire. Trouve-toi une fille pour la nuit, et débarrasse-toi de ton agressivité. Même si je décide de changer d'équipe, tu resteras mon ami.

Tony lui fit un doigt d'honneur et reporta son attention sur le reste de la pièce. Il s'adossa au comptoir avec une moue de connaisseur :

— Tiens, je ne les avais jamais croisées, ces deux-là... Intéressant...

Chad tourna la tête pour voir ce qui avait attiré l'œil de son compagnon. Il fallait que ça vaille le coup d'œil, car Tony était aussi blasé que lui devant la faune féminine de la soirée.

Il découvrit une grande blonde à la taille svelte, qui portait un collier de chien en cuir et dansait avec une fille plus petite. Elles regardaient Chad et Tony bien en face, mais c'étaient des habituées. Il passa en revue quelques autres filles, sans rien remarquer de nouveau. Il allait se détourner quand il aperçut une chevelure flamboyante.

Ah. Il avait toujours été attiré par les rousses.

Il se retourna afin de pouvoir la détailler.

Elle était accompagnée par une blonde. Celle-ci était en train de poser son verre sur l'une des tables hautes, mais Chad reporta son regard sur la rouquine. Elle était grande – elle devait lui arriver à l'épaule, sachant qu'il faisait presque deux mètres. Elle avait le teint diaphane des filles qui se mettent à rougir délicieusement quand elles sont gênées. De là où il se trouvait, il lui était impossible de distinguer la couleur de ses yeux, mais il aurait parié qu'ils étaient verts ou noisette. Ses lèvres charnues dessinaient un arc parfait ; c'était une bouche si sensuelle qu'elle invitait au baiser et devait hanter longtemps les rêves de ceux qui avaient eu la chance de les effleurer.

Le regard de Chad descendit le long du cou de l'inconnue et, pour la première fois depuis le début de la soirée, cette vision sortit son sexe de l'inertie. La robe rouge était dotée de manches trois-quarts et ne découvrait ses jambes qu'à partir des genoux, mais il en voyait assez pour savoir qu'elle lui plaisait… beaucoup. Le tissu était tendu sur son opulente poitrine. Chad avait envie de détacher la ceinture qui soulignait sa taille, afin d'en faire d'autres usages. Elle avait un corps de pin-up des années 1950 : un vrai corps de femme.

On avait envie d'en suivre chaque courbe du bout des doigts, ou de la langue… pour ceux qui l'osaient – oui, il en faisait partie !

— Fabuleux, murmura Chad.

Tony éclata de rire.

— La rouquine, c'est ça ? Je l'ai vue avant toi. Je suis sûre qu'elle n'a pas froid aux yeux.

Chad le foudroya du regard.

— Elle est à moi.

— Eh, calme-toi, mec ! La blonde me plaît aussi, lança Tony, les mains levées en signe de défaite.

Chad continua à toiser Tony suffisamment longtemps pour lui faire comprendre qu'il ne plaisantait pas, puis il reporta son attention sur la fille. Elle s'était assise à la table et tripotait la paille de son cocktail. L'un des habitués – Joe quelque chose – s'approcha d'elle, attiré par la chair fraîche. Joe travaillait dans la fonction publique, mais ce qu'il y foutait exactement, c'était un mystère. Chad n'avait jusqu'ici jamais eu de problème avec lui, mais il eut bien du mal à ne pas faire usage de la force pour évincer son rival.

Joe prononça quelques mots qui firent rire la blonde. La rouquine piqua un fard, et Chad se mit à bander comme un cerf. Bon sang, il aurait payé cher pour savoir jusqu'où cette rougeur s'étendait !

En fait, il fallait absolument qu'il le découvre. Sa vie en dépendait.

— Merde, murmura-t-il à l'adresse de Tony. Est-ce que je t'avais déjà dit que je trouve que Joe est un vrai trou du cul ?

Tony éclata de rire.

— Non, mais je crois que je devine ce qui te donne cette impression.

Chad hocha la tête d'un air absent, son attention toujours focalisée sur la rouquine. Elle ne partirait pas avec Joe ce soir. Elle partirait avec lui.

Chapitre deux

Les clients du *Cuir & Dentelles* étaient, disons… chaleureux. Déjà deux hommes et une femme s'étaient approchés de leur table pour bavarder, avec des idées derrière la tête. Si Bridget s'était intéressée aux filles, la jolie blonde qui couvait Shell des yeux lui aurait certainement plu, à l'inverse des deux messieurs, qui l'avaient laissée de marbre. C'était d'ailleurs surprenant, car ils étaient tous deux beaux et pleins de charme. L'un d'entre eux s'était montré plein d'attentions, mais elle s'en fichait éperdument.

Elle commençait même à se demander si elle avait un problème.

Avec un soupir, elle finit son verre pendant que Shell peaufinait ses techniques de séduction auprès d'un brun prénommé Bill, ou peut-être Will. Le boum-boum entêtant que déversaient les haut-parleurs l'empêchait d'entendre ce qu'ils se disaient, mais il y avait de fortes chances que Bridget doive appeler un taxi pour rentrer chez elle, plus tard dans la soirée.

Elle en serait peut-être même réduite à prendre le métro. Ce qui revenait à traverser l'enfer, elle en était certaine.

En rentrant, elle allait se ruer sur cette délicieuse tartelette pour laquelle elle avait craqué le jour même au marché, et se plonger dans le livre qu'elle avait honteusement chipé sur le bureau de Maddie en quittant le travail. Bridget ignorait totalement de quoi il parlait, mais la couverture était verte – sa couleur préférée – et le type sur la photo était vraiment canon. Ah oui, et il ne fallait pas oublier de donner des croquettes à Pepsi, le chat de gouttière qu'elle avait trouvé tout petit dans un carton de soda.

Attendez.

On était vendredi soir, elle était en boîte, un homme la regardait d'un air qui signifiait : « J'ai envie de te ramener chez moi et j'en peux déjà plus »... et à quoi pensait-elle ? À une tartelette, à un roman, et à son animal de compagnie.

À vingt-sept ans, elle était en train de se transformer en mémère à chats. Merveilleux.

Espérant noyer son chagrin dans l'alcool, elle déclara :

— Je vais au bar. Quelqu'un veut un verre ?

Elle attendit que Shell ou son chevalier servant lui réponde, mais finit par abandonner avec un soupir exaspéré. Munie de sa pochette de soirée mauve, elle contourna la table et s'approcha du comptoir. Il y avait plus de monde à présent. Elle se faufila à côté d'une fille aux cheveux noirs ébouriffés en courts épis, et s'appuya sur le zinc.

À sa grande surprise, un barman surgit aussitôt comme par magie.

— Qu'est-ce que je vous sers, mon chou ?

Mon chou ?! Comme c'était… euh, chou.

— Un rhum-coca.

— C'est parti !

Bridget le remercia d'un sourire avant de contempler l'assistance. Nombreux étaient les clients qui s'étaient déplacés en duo, d'autres étaient seuls ou occupés à bavarder avec les employés. Elle aperçut un brun aux yeux sombres dont le visage lui parut familier.

Le serveur posa un verre à cocktail devant elle. Elle ouvrit son sac pour prendre son porte-monnaie. C'est alors qu'elle entendit une voix grave et douce :

— L'addition est pour moi. Mets-la sur mon ardoise.

Une grande main venait de surgir sur le bar à côté d'elle. Avant que Bridget ait pu décliner poliment cette invitation, le barman s'était déjà détourné pour servir quelqu'un d'autre. Elle n'acceptait jamais de verres d'un inconnu. Des bonbons, à la limite…

Elle regarda d'abord la main, puis l'avant-bras jusqu'au coude, où était remontée la manche d'un sweat. Le tissu moulait ensuite un bras musclé et des épaules qui lui rappelaient vaguement quelqu'un. L'homme était immense. Elle faisait elle-même près d'un mètre quatre-vingt, et pourtant il lui fallut lever la tête pour croiser son regard, et cela lui donna le tournis.

Mais quand elle reconnut son visage, elle reprit aussitôt ses esprits. Elle éprouva des milliers d'émotions qu'elle aurait eu bien du mal à discerner. Elle le connaissait. Pas seulement parce qu'il était célèbre à Washington, mais personnellement.

Impossible d'oublier des traits comme les siens, ni les points communs qu'il avait avec ses frères. Des lèvres charnues, expressives, qui semblaient fermes, voire inflexibles. Une mâchoire puissante, des pommettes larges. Un nez légèrement cassé, après avoir reçu une balle trois ans plus tôt, imperfection qui ne le rendait que plus sexy. Des yeux bleu marine bordés de cils noirs et épais. Des cheveux bruns, ras sur les côtés mais un peu plus longs dessus, artistement ébouriffés pour lui donner l'air de sortir du lit.

Chad Gamble, bordel ! La star de l'équipe des Nationals, le cadet des frères Gamble. L'aîné de Chase, qui n'était autre que le fiancé de son amie et patronne, Madison Daniels.

Bordel de merde !

Madison lui avait beaucoup parlé de lui. Au point qu'elle avait presque l'impression de le connaître. Madison avait grandi avec les frères Gamble, et était amoureuse de l'un d'eux depuis toujours, mais Bridget n'avait encore jamais rencontré Chad, en tout cas pas d'aussi près. Ils ne fréquentaient pas les mêmes milieux, à l'évidence. Et à présent, il était là, dans cette boîte à la réputation sulfureuse, et il venait de lui offrir un verre !

Est-ce qu'il était dans un état second ? Soûl, peut-être ? Ou bien, avait-il reçu trop de balles de base-ball dans sa jolie petite gueule ?

D'après ce que Maddie racontait de lui – des propos amplement confirmés par la presse people –, Chad était un homme à femmes. Bridget avait vu dans les tabloïds les filles avec lesquelles il sortait. Toutes des mannequins, très grandes et incroyablement belles. Pas le genre de nanas qui rêveraient d'une tartelette et à d'un bouquin au beau milieu d'une boîte branchée.

Pourtant, il la regardait et semblait savoir ce qu'il faisait. C'était surprenant, curieux même.

Elle le dévisagea pendant une éternité, comme une idiote, avant de bredouiller un « merci ».

Chad lui sourit avec aisance, et elle frissonna de plaisir.

— Il n'y a pas de quoi. Je ne t'avais pas encore vue. Je m'appelle…

— Je sais qui tu es.

En s'entendant prononcer ces mots, Bridget s'empourpra. Elle allait passer pour une psychopathe… Elle se demanda s'il fallait lui révéler comment elle le connaissait, mais décida impulsivement de laisser les choses suivre leur cours. Il se pouvait qu'une fois au courant du lien très ténu qui les unissait – qui pouvait les amener à se recroiser à l'avenir –, il préfère prendre la poudre d'escampette. Ce coureur n'était pas réputé pour sa constance, à part sur le terrain de base-ball. Elle reprit :

— Je veux dire, j'ai entendu parler de toi, Chad Gamble.

Son sourire s'élargit.

— Eh bien, tu as un avantage sur moi : je ne connais pas ton nom.

Rougissant de plus belle, elle se détourna pour saisir son verre et y puiser du courage.

— Bridget Rodgers.

— Bridget, répéta-t-il d'un air gourmand. Ça me plaît.

Elle ne savait pas quoi répondre, ce qui en soi était une sorte de cataclysme. Elle qui était toujours à l'aise en société, elle se trouvait cette fois-ci totalement désorientée. Pourquoi ce dieu vivant s'intéressait-il à elle ? Elle prit une gorgée, tout en se maudissant pour sa perte de sens de la répartie.

Chad se faufila entre elle et un tabouret vide à côté. Il était si proche qu'elle perçut son odeur d'épices et de savon.

— C'est ton cocktail préféré, le rhum-coca ?

Avec un petit soupir nerveux, elle acquiesça.

— J'adore ça, mais la vodka fait aussi partie de mes références.

— Ah, voilà une femme selon mon cœur !

Il se mit à contempler les lèvres de Bridget, et elle se réchauffa sous son regard, sentant une tension se former au plus profond d'elle-même. Il conclut :

— Eh bien, quand tu auras fini ton rhum-coca, il faudra qu'on partage une vodka !

Elle ramena une mèche de cheveux derrière son oreille et essaya de réprimer un sourire – sans doute niais. Même si elle ne s'attendait pas à ce que cette conversation débouche sur autre chose, elle pouvait bien admettre qu'elle était sensible à l'intérêt qu'on lui portait.

— C'est un excellent projet.

— Parfait.

Il cessa de regarder la bouche de sa compagne, et reporta son attention sur ses yeux, dans lesquels il resta plongé quelques instants. Il se pencha vers elle.

— Tu sais quoi… ? chuchota-t-il.

— Non, quoi ?

— Le siège derrière toi vient de se libérer. Et il y en a un libre aussi à côté de moi. Je crois que c'est un signe du destin, dit-il avec un clin d'œil.

Qu'il était mignon ! Elle rit doucement, et cessa de lutter pour garder son sérieux.

— Et que nous dit le destin ?

— Que nous devrions nous asseoir pour bavarder.

Son cœur s'affolait dans sa poitrine, et cela lui semblait à la fois un peu fou et assez drôle. Elle se sentait comme une ado, quand le garçon pour lequel elle avait le béguin lui adressait la parole lors d'une fête. Mais ce n'était pas pareil. Chad était différent. Ses yeux dégageaient quelque chose de particulier lorsqu'ils se posaient sur elle.

Bridget jeta un coup d'œil à la table où Shell était toujours en compagnie de Bill, ou Will.

— Alors, ne tentons pas de lutter contre le destin.

Elle s'assit, aussitôt imitée par Chad qui rapprocha son tabouret, sous prétexte de pouvoir l'entendre dans le brouhaha. Elle n'était pas dupe. Après tout, elle n'était pas née de la dernière pluie. Mais Chad était bien plus doux que les autres hommes qu'elle avait pu rencontrer en soirée. Rien de ce qu'il disait ne sonnait faux. Sa voix débordait de confiance en soi, ainsi que d'une autre qualité qu'elle ne parvenait pas à définir.

Il était si proche d'elle que Bridget sentait son genou frôler sa cuisse.

— Alors, qu'est-ce que tu fais dans la vie, Bridget ?

Elle s'apprêtait à lui révéler où elle travaillait, mais changea d'avis. Le fait qu'elle connaisse Maddie et Chase gâcherait forcément les choses.

— Je suis assistante de direction. Je sais, je sais… Ce n'est qu'une appellation pompeuse pour « secrétaire », mais j'adore mon boulot.

Chad s'accouda au zinc, tripotant sa bouteille de bière.

— Tu sais, du moment que ça te plaît, peu importe quel métier tu fais.

— Et toi, tu aimes toujours jouer au base-ball ?

Comme il prenait une drôle d'expression, elle tenta de se rattraper :

— Ce que je veux dire, c'est qu'on entend toujours les sportifs professionnels dire qu'ils se mettent à détester ou à adorer leur discipline au bout d'un certain temps.

— Oui, je vois de quoi tu parles. J'aime toujours le base-ball. Je suis moins fan de la politique qui va avec, moins, mais je ne changerais de métier pour rien au monde. Être payé pour jouer, quelle chance !

— La politique, c'est-à-dire ?

— Les coulisses, les ficelles qu'on tire dans l'ombre, expliqua-t-il en reprenant une gorgée de bière. Les agents, les managers, les contrats. Tous ces trucs-là, ça ne m'intéresse pas vraiment.

Bridget hocha la tête, se demandant ce qu'il pensait du débat passionné qui animait la presse ces derniers temps au sujet de la proposition de contrat qu'il avait reçue des New York Yankees. Elle ne suivait pas l'actualité du base-ball, mais avait lu un article lors d'un repas particulièrement ennuyeux. Fidèle à son habitude, elle s'était précipitée sur la rubrique people. Chad y figurait toujours en bonne place, d'ailleurs.

Tandis qu'elle finissait son verre, il l'assaillit de questions sur elle, faisant preuve d'un intérêt sincère. Elle l'interrogea sur ses souvenirs d'école et fit comme si elle ne savait pas qu'il était en classe au même endroit que Madison.

— Alors tu traînes souvent ici ? demanda-t-elle lorsque la conversation sembla se tarir.

Elle regarda sa bouche. Elle avait du mal à s'en empêcher, de même qu'à se retenir de chercher à imaginer son goût, son contact si elle venait à effleurer la sienne.

— À peu près une fois par mois. Mon copain Tony est là plus régulièrement, je crois.

C'était donc pour ça que l'autre brun lui semblait familier ! Il était aussi joueur professionnel.

— Est-ce que tous les membres de l'équipe sont des habitués ?

Chad éclata de rire.

— Non, la plupart des autres gars n'aiment pas spécialement ça.

— Ah ? Mais toi, si ?

Certains doivent être mariés, pensa-t-elle.

— J'adore ça.

Il se pencha vers elle, posant le bras sur le dossier de son tabouret avant de lui demander :

— Alors, tu n'es pas de Washington ?

— Non, je viens de Pennsylvanie.

— La Pennsylvanie ne sait pas ce qu'elle a perdu quand tu es partie.

— Ah ah ! Quand je pense que je trouvais que tu t'en tirais très bien…, rétorqua-t-elle.

Au fond, elle était flattée, même s'il aurait fallu lui passer sur le corps avant qu'elle l'admette.

Chad s'esclaffa.

— En réalité, je pensais vraiment ce que je disais, mais je suis d'accord avec toi. Pas terrible, comme compliment. Hum, qu'est-ce que je pourrais te sortir de mieux ? Et si je te déclarais…

commença-t-il, faisant mine de réfléchir tout en se tapotant le menton.

— Non, non. Laissons tomber les formules choc. Quelle serait ta pire réplique ? Je trouve ça bien plus marrant.

— Ma pire réplique ? Qu'est-ce qui te dit que j'en ai une ? répliqua-t-il, les yeux pétillants.

Bridget désigna les alentours tout en se rapprochant de lui, se tenant le menton dans l'autre main, dans ce qu'elle espérait être une posture séduisante. Elle manquait un peu d'entraînement.

— Sachant que tu es un habitué des lieux, je suppose que tu es capable de répliques bien pires que celle-ci, play-boy, dit-elle en lui décochant un clin d'œil.

Elle n'en revenait pas elle-même. Pourvu qu'il ne la mette pas au défi de lui confier ses pires tactiques de séduction, car elle venait de griller toutes ses cartouches.

Chad éclata d'un rire grave qui lui donna des frissons dans le dos.

— Je préférerais épargner mes pires répliques à une femme si séduisante.

Bridget ne put s'en empêcher : elle fit entendre un rire qui ressemblait à un reniflement.

— Bien joué. Chapeau bas.

Elle souriait de son air le plus niais, mais il était au diapason. Elle avait oublié combien il était amusant de flirter avec un homme intelligent et séduisant.

Il s'inclina :

— Je fais de mon mieux.

Deux verres de vodka apparurent comme par enchantement. Chad rit en la voyant s'y prendre à deux fois pour vider le sien.

— Tricheuse, dit-il, les yeux brillants.

Elle s'éventa de la main et répondit :

— Je ne sais pas comment tu fais. C'est vraiment fort, ce truc.

— Des années d'entraînement !

— Je vois que tu excelles dans d'autres domaines que le base-ball…

Il regarda de nouveau la bouche de Bridget avant de déclarer :

— J'excelle dans bien des domaines…

Il demanda au barman d'apporter un verre d'eau, qu'il fit glisser vers elle. Elle lui sourit avec reconnaissance et but une gorgée.

Comme l'une des héroïnes de ces romances dont elle raffolait, elle se sentait prise au piège par ce regard.

— Tu sais, encore une réplique de ce genre, et tu gagnes un lot de couteaux à viande.

Il se pencha vers elle, et il lui sembla que la pièce disparaissait. Son cœur s'emballa alors que le sourire de Chad se faisait mi-secret, mi-complice :

— Des domaines nombreux et variés…

Bridget s'empourpra, mais mit sa rougeur sur le compte de l'alcool.

— Il est de mon devoir de t'informer que la drague de comptoir n'a aucun effet sur moi.

C'était absolument faux, comme en témoignaient les battements de son cœur, mais tant pis.

Du dos de la main, il effleura sa joue en feu. Elle frissonna.

— J'aime la façon dont tu rougis.

Bridget sentit sa rougeur s'accentuer, et prit son verre d'eau.

— Dis donc, je croyais qu'on était d'accord pour laisser tomber la drague facile ?

Elle vit qu'il la couvait des yeux. En réalité, il ne l'avait pas quittée du regard plus de quelques secondes depuis leur rencontre.

— Mais c'est pas drôle, protesta-t-il avec un sourire jusqu'aux oreilles. Tu veux un autre verre ?

Elle acquiesça, mais commanda un alcool moins fort. Ils continuèrent à bavarder, et sans y prendre garde, Bridget perdit trace de Shell à cause de la foule de plus en plus dense autour du bar, qui masquait les tables. Chad s'était rapproché, et sa jambe tout entière pesait à présent contre la cuisse de Bridget. Elle en avait la chair de poule.

Détournant le regard, elle aperçut un couple qui dansait non loin de là. Si on pouvait appeler ça danser. On aurait plutôt dit qu'ils étaient en train de se tripoter en rythme, tout habillés. La minijupe en jean de la fille était remontée, et elle frottait sa jambe contre les hanches de son partenaire. Lui avait passé une main sous l'ourlet effrangé de sa jupe, et ils pressaient leur bas-ventre l'un contre l'autre.

Bridget déglutit et reporta son attention sur son verre.

— Je n'arrive pas à croire que tu me disqualifies alors que je me montre sous mon meilleur jour ! Tu pourras te vanter de m'avoir froissé, déclara Chad, mimant le désespoir, la main sur le cœur.

Elle sourit.

— Ben dis donc, c'est pas la modestie qui t'étouffe !

Chad rit à nouveau de sa voix grave et rauque. Il se pencha encore vers elle, l'air sérieux pour la première fois.

— Est-ce que je peux être honnête, Bridget ?

Elle haussa les sourcils.

— Ça dépend…

Il posa sa paume sur la gorge de Bridget pour sentir son pouls qui s'affolait, frôlant sa nuque du bout des doigts.

— Je suis venu au bar uniquement pour t'aborder.

Elle était incapable de penser clairement. Parlait-il sérieusement ?

Avait-il beaucoup bu avant leur rencontre ? Non qu'elle ait une mauvaise image d'elle-même. Elle savait qu'elle était jolie, mais elle était aussi consciente que son style de beauté était démodé depuis des décennies, et que cette boîte débordait de filles qui auraient pu être top-models. Du genre qu'on voyait sans cesse en photo avec lui.

Mais c'était à elle qu'il parlait, elle qu'il touchait.

Leurs bouches étaient si proches que leurs souffles se mélangeaient. Le brouhaha des conversations et de la musique s'évanouit. Peut-être à cause de l'alcool, peut-être parce que c'était Chad Gamble. Comme toutes les femmes, elle avait fantasmé sur ce play-boy, mais tout cela lui paraissait irréel. Elle avait une conscience exacerbée de ce qui se passait, et en même temps, elle semblait avoir perdu tout sens logique.

— Et ce n'était pas une réplique préparée, ajouta Chad en penchant la tête de côté. J'ai envie de t'embrasser.

Remerciements

Il n'est pas évident d'écrire les remerciements. Quel que soit le nombre de personnes auxquelles je témoigne de ma reconnaissance, je sais que j'oublie toujours quelqu'un. Cette fois-ci, je vais opter pour quelque chose de bref et intense, exactement comme le ferait Chase. Ma profonde gratitude va à tous ceux qui m'ont soutenue, et à ceux qui ont porté ce projet. Sans eux, *Suite nuptiale et quiproquos* n'aurait jamais vu le jour. Un grand merci également à tous ceux qui s'apprêtent à partager l'aventure de Maddie et Chase.

Milady Romance

Découvrez aussi chez Milady Romance :

ÉMOTIONS

25 AOÛT 2017

- **Jane Graves**, *Talons aiguilles & Coups de théâtre*

SENSATIONS

CE MOIS-CI

- **Joanna Wylde**, Reapers Motorcycle Club, *Adorateur*

25 AOÛT 2017

- **Kate Meader**, Hot in Chicago, *Jouer avec le feu*

SUSPENSE

CE MOIS-CI

- **Emmy Curtis**, Alpha Ops, *Mission sous couverture*

25 AOÛT 2017

- **Maya Banks**, KGI, *Avant l'aube*

SLASH

CE MOIS-CI

- **Lily Haime**, *Wild Heart*

The Fell Types are digitally reproduced by Igino Marini.
www.iginomarini.com

Achevé d'imprimer en juin 2017
Par CPI France
N° d'impression : 3023639
Dépôt légal : juillet 2017
Imprimé en France
81122771-1